ましてや、ある日突然、夜空に二つも月が昇っていたら、
世界はどうなってしまうだろうか……
「ファンタジーだな……おい」
但馬波留はあんぐりと口を開けたまま、
呆然とその二つの月を見上げていた。

ブリジット・ゲール
リディア王国の偵察小隊に所属する少女。
明るくて人懐こい性格ながら、
戦闘になると大剣を振り回し豪快に戦う。
但馬《たじま》波留《はる》
気が付くと見知らぬ世界で目覚めた青年。
同姓同名の『勇者』が過去にいたらしく、
勇者を名乗るイタい人として保護された。

エリオス
ブリジットと共に
リディア王国軍偵察小隊に所属する男性。
厳つい見た目に反し穏やかで優しい。
リリィ
戦場でハルに声をかけてきた、
不思議な雰囲気と威厳を持つ少女。
ヒーラーとしての実力も高い。

ドオオオオ――――ンッッッ!!!!!
開いていた口に土砂が飛び込み、口の中がじゃりじゃりした。
但馬は自分のやったことに仰天した。
「……やべえ……」

王葱とクラリオン

詐欺師から始める成り上がり英雄譚

1

水月一人

illustration 黒田ヱリ

口絵・本文イラスト　黒田ヱリ

序章　1・二つの月が昇る空

見上げれば夜空には、二つの月が昇っていた。

太古の昔、人は夜空の星々を線で繋《つな》いで物語を作り出した。

それはやがて神話となって、今日《こんにち》広く知られる星座となった。

太陽が昇る位置や月の満ち欠けから暦《こよみ》を作り、惑星《わくせい》のおかしな動きから地動説を導き出し、北極星を頼《たよ》りに海を渡《わた》り、ついには月にまで辿《たど》り着いて、今では火星を目指そうとしている。

どうして星の輝《かがや》きはこんなにも人を魅了《みりょう》するのだろうか。それは悠久《ゆうきゅう》の昔から変わらない、不変の美しさのためではなかろうか。

かつて古代の人々が見上げていた星空も、今現在我々が見上げている星空も、根本的には何も変わらない。四六億年の長い地球の歴史を遡《さかのぼ》ってさえも、白鳥座が突然《とつぜん》羽ばたいて、射手座に射《う》ち落とされるようなことも無かったし、カノープスが南十字星を玉突《たまつ》きすることもなかった。夜空には大体いつも同じ方向に同じ星々が輝いていたのである。

だからだろうか、我々は夜空にどこか郷愁《きょうしゅう》にも似た懐《なつ》かしい思いを抱《だ》いているものである。変わらぬ夜空がいつまでも、どこまでも続いていることに、安心感のようなものを感じている。

もし、突然、この星空に異変が起きたらどうなるだろうか？

例えば彗星《すいせい》は、古くは凶兆《きょうちょう》であると忌避《きひ》されていた。日食が起きれば、人々は世界の終焉《しゅうえん》を想起した。後漢の中国では超新星爆発《ちょうしんせいばくはつ》が国を揺《ゆ》るがす反乱を招いた。今となっては当たり前の出来事に、世は千々に乱れたのである。

ましてや、ある日突然、夜空に二つも月が昇っていたら、世界はどうなってしまうだろうか……。

「ファンタジーだな……おい」

但馬波留《たじまはる》はあんぐりと口を開けたまま、呆然《ぼうぜん》とその二つの月を見上げていた。

空には信じられないくらい無数の星が瞬《またた》いていた。こんなに凄《すご》い星空を見上げるのは、都会育ちのその青年には初めての経験だった。

宝石箱をひっくり返したような天の川の右側には満月が浮《う》かんでおり、左側にはこれとはまた別の下弦の月が静謐《せいひつ》な光を湛《たた》えていた。

海から吹《ふ》き寄せる磯《いそ》の香りが鼻を突《つ》き、打ち寄せるさざ波の音が耳朶《じだ》を打つ。真っ暗な海に月光が反射し、まるで真夏のアスファルトみたいにギラついていた。風は心地《ここち》よく、春のように暖かく、そんな当たり前の海辺の風景を、月が非現実へと変えていた。

月が二つもあるせいか、夜だというのに周辺は仄明《ほのあか》るく、空は少しだけ青白んで見えた。多分、勘違《かんちが》いじゃないだろう。

気になるのは月だけじゃない。その二つの月に挟《はさ》まれるような位置に、これまた別の二つの星が煌々《こうこう》と輝いていた。見比べたわけじゃないからはっきりとは言えないが、それは多分、地球から見た金星や火星よりもずっと明るいようだった。

もしかして、あの二連星も、この惑星の衛星なのだろうか？　地球の月を見慣れているせいで勘違いしやすいが、月ほど大きな衛星は滅多《めった》に存在しない。だから例えば、火星から衛星フォボスとダイモスを見たら、あんな風に見えるのかも……。

「ふっ……ははっ！」

そんなことを考えていたら、思わず自虐的《じぎやくてき》な笑いが漏《も》れた。

だから何だというのだろうか。今気にしなければならないのは、そんなことではないだろう。

二つの月だって？　生まれてこの方、そんなの見たことも聞いたこともない。

じゃあ、あれは何なんだ？　自分が眠《ねむ》ってる間に、天変地異でも起きたというのか？

いや、こんな宇宙規模の変異が起きて、自分が無傷で生き残っているわけがないだろう。きっと動植物だって全滅《ぜんめつ》だ。なら、変わったのは宇宙ではなく、自分のほうに違《ちが》いない。考えられることは一つ、ここが地球ではないどこかということだ。

気がついたら、地球上でないどこかに自分は飛ばされていた……そう考えるしかないのだろう。

「まいったな……」

普通《ふつう》なら取り乱してしまいそうな馬鹿げた話であったが、意外と冷静でいられるのは、よほど現実感がないからだろうか。

「単に手も足も出ないというのが本音だけど」

但馬は苦笑いしながら、自分の現状把握《はあく》に努めた。

何が起きたかよく分からないが、戸惑《とまど》ってばかりもいられないだろう。まずは自分の身の安全の確保に努めねばなるまい。体に異常はないだろうか？　手持ちに何か有用な物はないか？　近くに人里はないか？　ぐるりと見回してみたが、あるのは大自然ばかりで有益なものは何一つ見つからなかった。

足元の砂浜《すなはま》をざっと見渡《みわた》してみる。

たった今、狼狽《ろうばい》してうろついていた形跡《けいせき》はあったが、自分の足跡《あしあと》以外には何も見つからなかった。せめてどっちから来たのか、方角くらい分かれば良かったのだが、足跡は自分の周囲数メートルくらいにしか存在しなかった。

自分はこの場に瞬間《しゅんかん》移動してきたのだろうか？　それとも、足跡が風に消されてしまうくらい、意識がないまま佇《たたず》んでいたのだろうか。どちらにしても、ぞっとしない話である。

両手でペタペタと顔や体を触《さわ》る。特に怪我《けが》はしていないようだ。

服装はデニムのパンツにコットンシャツ、足元は革《かわ》サンダルと、まるで近所のコンビニまでちょっと行ってくるといった感じだった。実際そうなのかも知れないと思って、ポケットをまさぐったが、普段《ふだん》ならそこにあるはずのスマホがなくて落胆《らくたん》する。まあ、仮にあったところで、アンテナが立つかどうか疑わしいが。

鞄《かばん》でも落ちてないかと物陰《ものかげ》を調べてみたが特に見当たらず、周りには人はおろか生き物の気配すらない。遠くに目を凝《こ》らしてみても、人工物らしきものは一切《いっさい》見当たらず、夜空の星以上に明るいものも見つからなかった。あっという間に手詰《てづ》まりである。

但馬は比《ひ》較的呑気《かくてきのんき》な性格だったが、流石《さすが》にそろそろ焦《あせ》りが生じてきた。いくらなんでも手がかりがなさ過ぎる。あと頼れるのは自分の記憶《きおく》くらいのものだが、しかしこれと言って変わった出来事は何一つ覚えていなかった。

ここへ来る前、最後に記憶していたのは、バイトの待ち時間に暇《ひま》つぶしのゲームをやっていたくらいのものだ。その時に手にしていたスマホはなく、他に思い当たる節もない。もちろん異世界転生ものにありがちな、迫《せま》り来る暴走トラックや土下座する神様なんかも見ていない。

「あとは夢オチくらいのもんだが……いててて」

ほっぺたを抓《つね》ってみるも、ヒリヒリするだけで目覚める気配はまったくなかった。どうやら自分の脳はちゃんと覚醒《かくせい》しているようだ。

しかし、月が二つも浮かんでいるのだ。これを現実と言う方が無理ではないか。

ある日突然、地球外に飛ばされました？　それも何の前触《まえぶ》れもなく？　誰《だれ》が何のために？　バカバカしいにも程《ほど》がある。

やっぱり夢なんじゃないかと、今度は思いっきり抓ってみたら、あまりの痛さに涙《なみだ》が滲《にじ》んだ。やるんじゃなかったとほっぺたを擦《こす》りながら、もう片方の腕《うで》で涙を拭《ぬぐ》っていた時、

「……うん？」

但馬は自分の視界に違和感《いわかん》を覚えた。

満天の星空ばかり見上げていたから気づかなかったが、いつからだろうか、それは視界の隅《すみ》っこの方でチカチカと点滅《てんめつ》していた。明らかに、星とは違う、赤い何かがである。

なんだこれ？　と足を踏《ふ》み出したら、点滅も一緒《いっしょ》に動き出した。あれ？　と思って後ろ

に下がったら、それも一緒に戻《もど》ってきた。何かが見えているというよりも、眼球に直接貼《は》り付いているようだ。

まさか、緑内障にでもかかってしまったのだろうか？　と思い、目をつぶってみたら、それは消えるどころか逆によく見えるようになった。どうやらこれは、自分の頭の中にあるものらしい。

一体こいつは何なんだ？　不安になりながら、よくよく観察してみれば、どうもこの赤い点は『NEW!』というアルファベットに見えなくもない……というか、それ以外の何にも見えない。

「なんじゃこりゃ？　なんかの通知か？　メールでも届いたってのか？」

自分はいつから電波を受信できる体になったのだろうか。本当に、悪い病気じゃないだろうな……？　彼《かれ》は自分の頭がおかしくなってしまったんじゃないかと、コメカミを指先でグリグリと押《お》してみた。

と、その時だった。

「うおっっ!?」

突然、目の前でウィンドウが開くような派手なエフェクトと共に、ギュンッとまばゆい光が走った。

『ACHIEVEMENT UNLOCKED!! FIRST ACCESS

実績解除!!　初めての訪問

……チュートリアルを開始しますか。［YES/NO］』

そして視界いっぱいに、そんな文字列が躍《おど》りだす。

そう、まるでゲームみたいに……。

但馬はごくりとつばを飲《の》み込《こ》んだ。

そういえば、自分はここへ来る前に何をしていたっけ？　確か、スマホでゲームをしていたような……。

彼は慌《あわ》てて、記憶を思い出そうとした。とても信じられないが、そこにヒントがありそうだった。

＊＊＊

ちょっとした体育館くらいの広さに、百人ほどの人間が詰《つ》め込まれていた。整然と並ぶパイプ椅子《いす》は丁度人数分だけ用意されており、誰一人《だれひとり》として動き回らず、雑談することもなく、ただ前を見て座《すわ》っている、一種異様な光景だった。

壁《かべ》はコンクリートの打ちっ放しで、鉄板でも仕込《しこ》んでいるのか、やたらと声が反響《はんきょう》した。百人が入れるくらい広いにも関わらず、部屋には入り口が一つあるだけで、窓もなく、見れば天井《てんじょう》の四隅《よすみ》には監視《かんし》カメラらしきものが取り付けられている。さながら刑務所《けいむしょ》のようであった。

とは言え、そこに集められた人々は別に犯罪者でもなんでもなかった。とある企業《きぎょう》のとある仕事に応募《おうぼ》したアルバイトであり、ここはその面接会場だった。部屋が殺風景なのは機密保持のためであり、部屋に入る前に他言無用の誓約書《せいやくしょ》を書かされたから、誰もそんな待遇《たいぐう》でも不満を抱くことなく、黙《だま》ってその場にじっとしていたのだ。

しかし、待てど暮らせど、そこから先に進まない。

この部屋に連れてこられてからずいぶんな時間が経過していたが、時折、部屋の外を忙《いそが》しそうにスタッフが通り過ぎるだけで、アルバイト達《たち》は何も指示をされることもなく、ずいぶん長いこと待たされていた。

(何かに手間取っているのだろうか？　この待ち時間も、ちゃんと時給がつくんだろうな……)

但馬はそんなことを考えながら、前に座る人の後頭部を眺《なが》めていたが、やがてしびれを切らしてポケットの中のスマホを取り出した。誓約書を書かせるくらいだから、もしかしたら電波が届かないかも知れないとも思ったが、別にそんなことはなく、肩透《かたす》かしを食《く》らったような微妙《びみよう》な気分のまま彼はスマホをタップした。

一応、気にして周囲の様子を窺《うかが》ってもみたが、他のバイトも彼と同じ心境だったのだろうか？　気づけばみんな手持《ても》ち無沙汰《ぶさた》に内職を始めているようで、誰に見咎《みとが》められる感じでもなかった。

ならば自分も暇つぶしにゲームでもしようかなと、彼はふと思いついて、とあるゲームをダウンロードし始めた。

それは今日のアルバイト先の企業が開発したソシャゲで、それなりに知名度がある代物《しろもの》だった。中高生に大流行しており、但馬が高校生だったときも、クラスのオタク連中がよくこのゲームを話題にしていた。

内容は、単純な戦闘《せんとう》をこなせば等比級数的に強くなるレベルアップシステムと、課金アイテムなしでも頑張《がんば》れば手に入るレア武器が売りのよくあるハクスラ系ＲＰＧで、もちろんジャブジャブ課金した方が有利であるから、根本的にドケチな性格である彼はこんなことでもない限り一生やらないだろうと思っていた。

インストールが終わって、何事もなくゲームがスタートし、キャラクターメイキングが始まった。長く続けるつもりはないから、キャラクター名に凝ったりはせず『但馬波留』にしておいた。

ずばり本名であるが、響《ひび》きのせいであまり本名と思われないので、色んな場面でこれで通していた。子供の頃《ころ》はインドインドとからかわれてムカついたものだが、取り敢《あ》えずナマステと言っておけば場が和《なご》むので、最近はわりと気に入っている。

年齢《ねんれい》、十九歳。出身地、千葉県。職業、学生。好きな四字熟語は一発逆転。身長、体重、血液型。好きな女性のタイプ……？　スリーサイズ?? え、なんでこんなことまで聞かれるの？　と思いつつ、無駄《むだ》にたくさんある設問を埋《う》めていくと……。

（信仰《しんこう》、YOUR FAITH……って、宗教のことだよな？）

いきなりそんな設問が飛び出し来て、流石に面食らってしまった。いくらなんでもおかしいだろう。どこの世界にプレイヤーの宗教を気にするゲームがあるのだ。

もしかして、ゲーム内の架空《かくう》の宗教を選べってことかな？　と思いもしたが、候補に挙がってるのはキリスト教・イスラム教・仏教など、実在するものばかりだった。中には聞いたこともない宗教もあり、どうやらガチでプレイヤーの信仰を尋《たず》ねているようである。

（なんじゃこりゃあ……）

但馬は首を傾《かし》げた。ここまで露骨《ろこつ》に個人情報をがっつきまくるゲームなんかが、本当に流行《はや》っているのだろうか？

フィッシング詐欺《さぎ》を疑ってＵＲＬの確認《かくにん》もしたが、おかしなところは見つからず、念のためブラウザを閉じ、ゲームのダウンロードからやり直してみたが、出てくる設問に変わりはなかった。

但馬はどうしようかと迷ったが……。

しかし最近のソシャゲは、基本無料の代わりにプレイヤーを囲《かこ》い込んで、その情報を分析《ぶんせき》して儲《もう》けていると聞いたことがあった。実際、最初に読んだ規約にも、ユーザー情報を利用すると太字で明記されていたし、案外、こんなものなのかも知れない。

「まあ、いっか」

彼はそう呟《つぶや》くと、そのままゲームを続けることにした。

何も馬鹿正直に答える必要もないのだ。名前や年齢はもう入力しちゃったからそのままにして、後は適当にでっち上げてしまおう。

やはり困ったのは宗教の項目《こうもく》だったが、実は基準がガバガバであり、無宗教と入力しても特に問題ないようだった。安堵《あんど》しつつ、何もないよりはマシかなと思い、『神道《しんとう》』と入れて先に進む。

その後は目立った設問もなく、サイコロを振《ふ》って得たボーナスポイントを割《わ》り振ってゲームを開始した。こういうのは良い目が出るまでやり直す、いわゆるリセマラをした方がいいだろうか？　と思いもしたが、ただの暇つぶしにそこまでするのもバカバカしいので、そのまま進めた。

それにしても、キャラクターメイキングごときに時間を使いすぎた……バイトの面接が始まっちゃわないかな？　と、周囲を見回してみたが、相変わらず動きは何もなかった。

大勢をこんなところに缶詰《かんづめ》にしといて妙《みょう》な話であるが……あくび交じりにスマホを眺めていると、飾《かざ》り気《け》のない文字列がくるくる回っていた。

『LOADING...10%...20%...』

流行のゲームらしいが、ゲームを開始してからずっとこんな調子である。別にゴテゴテ装飾《そうしょく》しろとは言わないが、いくらなんでもシンプル過ぎやしないだろうか？　もしかして、自分のスマホは対応機種じゃないのだろうか……。

ちゃんと動くか不安に思っていると、やがてロード画面が切り替《か》わり、

『LOADING...100% Entering BIOSPHERE 2.0 (C)Orpheus co.ltd 20XX-20XX　但馬　波留　さん　新世界へようこそ』

相変わらず飾り気のない無骨な文字が表示され……。

かと思ったら、突然画面が薄《うす》ぼんやりと白く光り……。

スマホが発するその光は周囲の空間までをも白く染めていき……。

但馬は唐突《とうとつ》になんだかクラクラするような目眩《めまい》と眠気《ねむけ》を感じて……。

そして彼は、気がつけば二つの月が昇る夜の浜辺《はまべ》に佇んでいたのである。

＊＊＊

但馬が自分のコメカミを指でグイッと押すと、目の前にパソコンのウィンドウみたいなものが表示された。

「うおっっ⁉」

突然の出来事に狼狽し、一歩二歩と後退《あとずさ》る。すると、そのウィンドウは彼を追いかけるように一定の距離《きょり》を保ったままついてきた。やや緑がかった半透明《はんとうめい》のメニュー画面らしきものが宙に浮かんで見える。

『但馬　波留

ALV001／HP100／MP100
出身地：千葉・日本　血液型：ABO
身長：177　体重：62　年齢：19
所持金：0……』
ウィンドウは大まかに三つの領域に分かれており、右の縦長のコラムはメニュー欄《らん》と呼べばいいだろうか？　『アイテム』だの『魔法《まほう》』だの『ステータス』だの、そういったタグが縦に並んでおり、全体の三分の二以上を占めるメインウィンドウらしき広いスペースには、但馬《し》の名前と顔写真、それからHP100だのMP100だのステータスっぽい数字がいくつかと、レーダー指示器みたいな円が表示されていた。
そして、その二つの窓の下には横長のメッセージウィンドウがあり、
『ACHIEVEMENT UNLOCKED!! FIRST ACCESS
実績解除!!　初めての訪問
………チュートリアルを開始しますか。[YES/NO]』
と、先ほど頭の中に浮かんだ文字列が、今もチカチカと点滅しているのであった。
何もない空中に、突然、そんなホログラフが浮かび上がって、但馬は面食らってしまった。一体全体、何が起きたというのだろうか？　こんなSFみたいな技術、未《いま》だかつて見

たことも聞いたこともない。

思い当たる節といえば、さっきまで自分はスマホでゲームをしていたはずだ。その流れからして、ゲームの世界に入り込んでしまったと考えられなくもないが……いや、100パーセントは断言できなくても、半分くらいはそうかも知れない。何しろ見上げれば夜空には二つの月が浮かんでいるのだ。

「本当に……ゲームの中、なのか？　ちょっ……すごすぎんだけど……最近のソシャゲ」

などと軽口を叩《たた》いてはみたものの、心臓はバクバクと早鐘《はやがね》を打っていた。

ゲームの中と一口に言っても、それはどのレベルでゲームの中なのだろうか？　例えばVRMMOみたいに、ここは仮想世界で体は現実に残されているのか。それとも異世界転生ものの小説みたいに、体ごとこの世界に飛ばされて来てしまったのだろうか。

直感では後者の可能性の方が高そうではある。何しろ、五感が完全に再現されているのだ。潮の香りも、耳障《みみざわ》りな波の音も、吹く風が頰《ほお》を撫《な》でる繊細《せんさい》な感触《かんしょく》すらも。もしこれが仮想現実というなら、どうやって表現しているというのだろうか。

しかし……現実なら現実で、ここは一体どこなのか？　どうやって連れてこられたのだろうか？　暴走トラックに轢《ひ》かれたり、怪《あや》しげな儀式《ぎしき》をしていた覚えもなければ、UFOに連れ去られた記憶もない。

小説ならそろそろ神様なりなんなりが出てきて方針を示してくれそうなものだが、そんな気配も全くなかった。どうやら、目の前のウィンドウに従う以外に、他にやれそうなことは何もなさそうである。

『チュートリアルを開始しますか。[YES/NO]』

さて、どうしたものか……。

現状打破するには、これに乗っかるしかないようだ。なんとなく罠《わな》っぽくて気が進まなかったが、彼は仕方なく目の前のウィンドウに手を伸《の》ばした。

触《ふ》れたら掴《つか》めそうなウィンドウは、実際に手をかざしてみると実体はなく、半透明な画面に手が突き刺《さ》さって向こう側に通り抜《ぬ》けていった。しかし、どういう仕組みか、指の位置は認識《にんしき》しているらしく、但馬の指が偶然《ぐうぜん》メニューの『アイテム』の欄に触れるや否《いな》や、その文字が点灯し、続いてメインウィンドウが切り替わって、下のメッセージウィンドウには新しい文字が表示された。

『何も持っていません』

身も蓋《ふた》もないメッセージにズッコケそうになったが、お陰《かげ》でどうすればいいかが分かった。彼は深呼吸すると、先程《さきほど》から表示されっぱなしの『YES』の欄を、そっと指で押してみた。

「ポチッとな」

するると最初にウィンドウが現れたときみたいに、突如《とつじょ》、蛍光色《けいこうしょく》の光の礫《つぶて》が周囲をふわふわ踊りだし、それはやがて渦《うず》を巻くように一箇所《かしょ》に集まってきたかと思ったら、派手な光のエフェクトを伴《ともな》いながら、段々と何かのキャラクターのフォルムを描《えが》きはじめた。

ずんぐりむっくりのまんまるい体に、流線型の鼻にでかい口。不格好な尾《お》びれと背びれ。多分、イルカをモチーフにしたキャラクターなのだろうが、頭身の狂《くる》いのせいでなんとなく胎児《たいじ》を思わせ、可愛《かわい》いというよりグロかった。ゆるキャラを外国人が真似《まね》して作ったら邪神《じゃしん》になっちゃったとか、そんな感じである。やけに迫力《はくりょく》のあるヌラっとした光沢《こうたく》の瞳《ひとみ》は死んだ魚の目をしていた。

『イルカは魚類ではない』

「わっ！　しゃべるのかよ⁉」

もはや何が起こっても驚《おどろ》くまいと思っていたが、いきなり頭の中に響いてきた声にびっくりする。イルカは但馬のその反応をからかうように、彼の周囲をくるくる回転しはじめた。

『但馬、波留、さん。新世界へようこそ。ボクの名前はキュリオ。見ての通りイルカの妖《よう》精《せい》さ』

「妖精って……図々《ずうずう》しいやつだな」

いまいちパッとしない造形ではあるが、どうやらこいつがこの世界のナビゲーターのようである。こんなのに命をあずけるのは不安でしかなかったが、今はこいつを頼るしかないだろう。但馬はようやく出てきた蜘蛛《くも》の糸に、ほっとしながら話しかけた。

「なあ、新世界ってなんだ？　やっぱりここってゲームの中なのか？」

『それじゃ、早速《さっそく》チュートリアルを始めるよ』

「おい、質問に答えろって」

しかし、当然答えが返ってくるものだとばかり思っていたが、イルカは但馬の声を無視して勝手に話を進めてしまった。ここがゲームの中だとしたら、恐《おそ》ろしく質の悪いＡＩである。

『ここはロディーナ大陸西方、リディアの地。君は南に浮かぶ島国から商船に乗ってやってきたんだけど、大嵐《おおあらし》に遭遇《そうぐう》して船は沈没《ちんぼつ》。漂流物《ひょうりゅうぶつ》にしがみ付いて九死に一生を得た君は、三日三晩海をさ迷い、この海岸へと辿り着いたんだ』

「……って設定のゲームなの？　ねえ、ちょっと？」

『常夏《とこなつ》の国、リディアは豊富な資源を有する夢の国。君は商船の積荷を失い、無一文になってしまったが、新天地で一発逆転の下克上《げこくじょう》を目指すことにしたんだ』

「国に帰る努力をした方がいいんじゃないか？」

『無一文の君が頼れるのは、溢《あふ》れんばかりの勇気と好奇心《こうきしん》！』

「人はそれを無謀《むぼう》と呼ぶんだ」

『そして人並みはずれた強大な魔力《まりょく》があったんだ』

「え、魔力……？」

全然人の話を聞いてくれないイルカに憮然《ぶぜん》とツッコミを入れていたが、その言葉にはちょっと興味をそそられた。但馬はそんなにテレビゲームが好きでもないが、それでもJRPGに毒された日本人である。剣《けん》と魔法のファンタジー世界には、ほんのりと憧《あこが》れを抱いていた。

「なになに？　魔力？　魔力って……もしかしてこの世界、魔法とか使えちゃうの？　メラミとかホイミとか？」

『もちろんさ。君には類稀《まれ》な魔法の資質があった。新天地への不安はあったけど、君はその溢れる魔法の力を駆使《くし》して乗り越《こ》えようと決意したんだ。おやおや？　待ちきれないみたいだね。それじゃ、早速試《さっそくため》してみよう。Here we go!』

「お、おう！　ヒウィゴー！」

イルカに乗せられ一緒にガッツポーズをする。流されるままにおかしなことになってし

まったが、現在置かれている状況《じようきよう》からしても、試《ため》せるものは何でも試しておいた方がいいだろう。

『ACHIEVEMENT UNLOCKED!! FIRST MISSION
実績解除!!　ステータス画面を出してみよう』

そんな風に自分自身に言い訳していると、また目の前のウィンドウに新たな文字列が刻まれた。そしてメニュー欄の『魔法』の項目が、チカチカと明滅《めいめつ》を繰《く》り返し始める。どうやら、実績なるものが解除されたらしい。

それが何かはよく分からなかったが、これからすべきことはすぐに分かった。要はこの明滅する文字を指で押せば良いのだろう。彼はソワソワしながらそれに触れた。すると、メインウィンドウにずらずらと大量の漢字が溢れ出す。

「うわ！　壊《こわ》れた!?」

迦具土《かぐつち》・甕星《みかぼし》・禍津日《まがつひ》・須佐之男《すさのお》・遠呂知《おろち》・御左口《みしやぐじ》……etc、etc……一瞬《いつしゆん》、文字化けかと思ったが、よく見ればスラスラ読めてしまい脳がバグる。あれ？　これってなんだっけ？　日本神話？　などと戸惑っていると、相変わらずイルカがくるくる回転しながら、

『魔法は信仰によって全世界一五種三八分類に分けられるよ。それらがプレイヤー一人ひとりにユニークな体系を構築するんだ。だから、みんなが共通の魔法を使うことはない』

「あ、ああ……そういや、キャラクリに宗教って項目があったけど、このためだったのか。つーか、こんなのに凝らないで、ＡＩの方をもっとどうにかしたら良かったのに」

『使い方はいたってシンプルさ。使いたい魔法をタップして、現れた呪文《じゅもん》を詠唱《えいしょう》すればいいだけ。簡単でしょ？』

「ふーん……」

彼はとりあえず一番上にあった『迦具土』なる文字をタップした。するとまた画面が切り替わり、ズラズラと大量の文字列が表示される。今度はひらがなも含《ふく》めた文章のようだ。

「えーっと、なになに……高天原《たかまがはら》、豊葦原《とよあしはら》って、なんだいこりゃ？」

『魔法は呪文の詠唱をもって完成するんだ。それは神様への祈《いの》り。自分にはない奇跡《きせき》の力を手にするんだから、神様には感謝しないとね。だから恥《は》ずかしがらず、大きな声で詠唱しよう。さあ、早速やってみよう。Let's practice!』

「マジ？　これ読むの？　結構な量なんだが……詠唱短縮とかないの？　ショートカットキーとか」

『さあ、早速やってみよう。Let's practice!』

相変わらず、人の話を聞かないイルカである。但馬はポリポリと頭を掻《か》いた。

魔法には興味があったが、これを読めと言われるとかなり抵抗《ていこう》があった。呪文というか、祝詞《のりと》というか、その中二病的なセリフを真顔で唱えろだなんて、それなりに羞恥心《しゅうちしん》のある青年にはハードルが高いと言わざるを得なかった。

今からでも戦士にジョブチェンジ出来ないものだろうかと思いもしたが、しかしこのイルカが人の話を聞いてくれるとも思えない。

仕方ない……彼は姿勢を正し、ほんのちょっと頬を赤らめながら詠唱を開始した。

「えー……高天原、豊葦原、底根国《そこつねのくに》。三界を統《す》べし神なる神より産まれし御子神《みこがみ》よ、其は古より来たれり、万象《ばんしょう》を焼き尽《つ》くす業火《ごうか》なれり、天を穿《うが》て、なぎ払《はら》え迦具土」

抑揚《よくよう》のない棒読みが夜空に虚《むな》しく響く。

しかし、何の反応もない。

あれ？　おかしいぞ……？

「高天原、豊葦原、底根国……」

まったく反応がないので、もう一度最初から呪文を詠唱し直してみる。今度は一字一句間違《まちが》えないよう、滑舌《かつぜつ》も丁寧《ていねい》に、はっきりと声に出して読み上げた。しかし、やはり何の反応もない。

「おーい、なぎ払っちゃえＹＯ！　迦具土!!」

三度やっても変わらぬ結果に、だんだん不安が募《つの》ってきた。気づけば背中には変な汗《あせ》が流れている。対してイルカは動じることなく、相変わらず死んだ魚のような目でこちらを見ていた。さっきまでは少し黙れよと思っていたが、今は何か喋《しゃべ》ってほしくて仕方なかった。

っていうか、これであってるんだよな？　間違ってないよな？　呪文を何べん読み返しても間違っていないし、そもそも間違ってるなら『ふっかつのじゅもんがちがいます』くらいのアナウンスがあっても良さそうだ。それとも他に条件でもあるのだろうか……？

何気なく周囲を見回す。

辺りは相変わらず、今にも落ちてきそうな満天の星と、静かな海が広がっているだけだった。遠くの山の稜線《りょうせん》が月明かりにくっきり浮かび、夜の森からはさざめきが聞こえてくる。足元の砂浜には貝殻《かいがら》や流木が落ちていて、ありふれた地球の風景がそこにあった。

そう、あの二つの月さえ差っ引いて考えれば、ここは地球と何も変わらないのだ。だとしたら魔法なんて最初から使えるわけがないではないか。

ところでここへ来る前、但馬はソシャゲをしていたわけだが、それはそもそもバイトの面接の合間の暇つぶしのはずだった。あの面接はどうなったのだろうか？　実はここはゲームの中ではなくて、バイトの面接の一環《いっかん》だなんてことはないだろうか？

どうやったのかは分からないが、なんか凄いテクノロジーで気絶した但馬をこっそり運んで、この不思議な状況下で応募者《おうぼしゃ》がどういう行動を取るのか観察しているのだとしたら……。

もしかしたらその辺の草むらにカメラを構えた人が隠《かく》れ潜《ひそ》んでおり、「ねえ、どんな気持ち？　いま、どんな気持ち？」とか言いながら、飛び出してくるタイミングを見計らっているのでは……。

「わー！　違う！　違うんだ！　俺《おれ》は決してそんなんじゃないから！　そんなんじゃないから!!」

但馬は体をくねくねしながら、誰にともなく言い訳し始めた。真っ赤に染まる自分の首をキュッと絞《し》め、いっそ殺してくれと叫《さけ》び始める。

しかし、そんな時だった。

キィイイ────ン……。

と、但馬の叫びをかき消すかのように、耳鳴りのような甲高《かんだか》い音が辺りに響き渡《わた》った。と同時に、先程イルカが出てきた時のような蛍光色の光が周囲からギュンギュン集まってきて、それはどんどん明るさを増していき、一個の真っ白い点になった。

なんだこれ？　米粒《こめつぶ》くらいの小さなそれを指で突いてみようと、但馬が不用意に近づいていくと……。

「うわっ！　まぶしっ!!」

それは突如としてまばゆい光を放ち、急激に膨《ふく》らみ始めた。まるで直射日光をガン見してしまったような、目が焼かれそうな恐怖《きょうふ》を覚えた彼は、咄嗟《とっさ》に目を閉じて地面に伏《ふ》せた。本能のままの行動だったが、それで正解だった。

いまや小さな太陽と言っていいほどの、強烈《きょうれつ》な光を放つようになったその光球は、やがて人の頭大にまで膨張《ぼうちょう》すると、今度は周囲のあらゆる物を揺さぶる振動《しんどう》と、鼓膜《こまく》を破らんばかりの大音響《だいおんきょう》を響かせながら、海に向かって一直線に飛び去っていった。

真っ白な砂浜に、砂の波紋《はもん》が広がっていく。

まるでキャンプファイヤーに頭から突っ込んだような、猛烈《もうれつ》な熱風が肌《はだ》を焼いた。喉《のど》が焼かれそうな息苦しさに、口を塞《ふさ》ぎ、耳を塞いだ。

薄目《うすめ》を開けて光の行方《ゆくえ》を追うと、それはもの凄《すご》い速度で沖へとまっしぐらに突き進《すす》み、やがて水平線の向こうへ消えたと思ったら……。

ズドォオ――――ン！！！

という盛大《せいだい》な音と共に、遥《はる》か沖合いに信じられないくらい大きな光の柱が立ち上がり、天まで昇《のぼ》っていくのであった。

まだ宵闇《よいやみ》に染まる夜空が一瞬にして白く染まり、出来立ての雲を追い散らして、そこだけ青々とした快晴の空が広がっている。

それは紛《まぎ》れもなく、天空を焼き尽くすほどの業火だった。

両耳を塞いだまま、唖然《あぜん》と見守っていた但馬の元に、やがて爆風《ばくふう》が届いた。彼は容赦《ようしゃ》ない暴風に吹き飛ばされ、砂浜を二転三転して、顔面から着地した。

砂を噛《か》んで立ち上がる。

ザアアァァ――――……。

と、スコールのような水しぶきが降り注いで、シャツがぺたりと肌にまとわりついた。

沖合いにはまだ水蒸気のような霧《きり》が立ち込めており、そこへいつの間にか昇っていた朝日が差し込んで虹《にじ》が架《か》かって見えた。その美しい光景は、まるで映画のワンシーンを見ているようだった。

『ACHIEVEMENT UNLOCKED!! MAGIC CAST
実績解除!! 初めての魔法』

そして、頭の中には能天気な声が響く。

『Congratulations! やったね! これで君も、一人前のマジックキャスターの仲間入りさ』

他に言うことあるんじゃねえの……。

但馬はドン引きしながら、半透明で緑色した丸っこい奴《やつ》の方を振り返った。

序章　2・ファースト村人

夢ならそろそろ覚めてもいい頃合《ころあい》だと思うのだが、残念ながらそんな気配は微塵《みじん》も無かった。空には綿埃《わたぼこり》のように細かい水滴《すいてき》が立ち込め、キラキラ朝日を反射して、まるでダイヤモンドダストみたいだった。その光景は、この世のものとは思えない美しさだったが、目の前のイルカは相変わらず不気味であった。

ようやく放心状態から復帰したが、現実に戻ってなお目の前には夢のような世界が広がっていた。何しろ月が二つもあるのだ。もはや考えるだけ無駄であろう。少しでも気を引き締めていないと、今にも失神しそうだった。

『魔法はMPを消費して行使されるよ。今、君のMPは0になってるけど……』

言われて、ステータス画面を見てみれば、確かにMPが0になっていた。記憶違《きおくちが》いで無ければ、最初は100あったはずである。

『使うMPの量によって、魔法の威力《いりょく》が変わるんだ。全部使っちゃうと大変なことになるから気をつけてね』

「そういうことは先に言えよ！　それじゃ何か？　俺が何も考えずに、漫然《まんぜん》と魔法をぶっ放したもんだから、あんな大量破壊《はかい》兵器みたいな威力になっちゃったの？」

ざっくりMP100と言われてもよく分からない尺度であったが、どうやら100と言うのは凄い数字らしい。考えても見ればイオナズン六発分はあるし、妥当《だとう》といえば妥当な気がしなくもない……本当か？

『HPやMPは時間経過と共にちょっとずつ回復するほかに、食事や睡眠《すいみん》でも回復するんだ。後者のほうがお薦《すす》めだね。あと、MPは0になってもペナルティはないけど、HPが0になると死んじゃうから気をつけてね』

死んじゃうと言われても、一体どんな具合に死んじゃうのだろうか。もしかして、死んだらゲームから解放されたりしないかと思いもしたが……ついでに人生からも解放されちゃいそうで、試すのは流石《さすが》に勇気が要《い》った。何しろ、やけにリアルな世界である。

ところで少し気になったのだが、HP0になったら死ぬのは分かる。じゃあHP50というのはどんな状況なのだろうか。わりと余裕《よゆう》があるのだろうか。それともガチの半殺しなのだろうか。はっきり言って、そんな状態で生きている自信はないぞ……などと但馬が死について考察していると、

『それじゃ、次は敵のぶっ殺し方を覚えよう！　Let's try easy!』

「……あのさ。分かりやすいのも良いんだけどさ。もうちょっとオブラートに包めよ」

その造形もさることながら、言動まで邪悪《じゃあく》な奴である。今日日グーグル先生だって、もう少し回りくどい表現をするだろうに。こいつはちゃんとCEROの指定を受けているのだろうか。

「しかし、そんな簡単に殺すって言ってもさ、何を殺すってのよ。敵？　敵ってなに？　やっぱ魔物《まもの》とか居るわけ？」

『ロディーナ、大陸、は、人間、亜人《あじん》、エルフ、魔物、野生動物、が、居ます』

「え？　あれ？　およよ？」

どうせ返事は期待できないだろうと、半ば独り言のつもりでぼやいていたら、いきなり反応が返ってきてびっくりした。どうやらこの邪神、まったく人の話を聞かないというわけでもないらしい。それにしても急に機械っぽい喋りになったが、あの馴《な》れ馴れしい喋りは全部録音だったのだろうか。

『メインスクリーンの右上にあるレーダーマップを見て。そこにいくつかの赤い点が見えると思うんだけど？』

イルカはまた勝手に話し出す。あまり融通《ゆうずう》の利《き》かないＡＩだろうし、その点を突《つ》っ込んでも無視されるだけだろう。とりあえず、言われたとおりに中央のメインスクリーンっぽいものの右上を見る。

そこには確かにレーダーマップみたいなものがあった。八分割《ぶんかつ》された同心円の中心から波のように光が広がり、それが通過する度に、特定の場所でビコーンビコーンと赤い点が点滅《てんめつ》している。

『そこに映る赤い点は生体反応を示してるんだ。敵、味方の識別は出来ないから、それは目視で対処しようね。人でいっぱいの街中では真っ赤に染まっちゃうから、邪魔《じゃま》ならタップして消すといいよ』

「おまえのことも消したいんだが……」

キュリオの説明が続いている。と言っても、ぶっちゃけ船舶《せんぱく》とかに積んである魚群探知機と同じようなものなので、わざわざ説明してくれなくても問題なかった。

そんなことよりも、気になるのは今ちらっと出てきたエルフという単語である……エルフ。エルフかあ……なんだろう、この胸のときめきは。

やっぱりエルフと言えば男女共にやたら美形の耳長族で、弓と魔法が得意で、森の隠れ里《ざと》に住んでいて、よくオークとか触手《しよくしゆ》系モンスターに襲《おそ》われてて、男は殺されて女は孕《はら》まされたりするんだろうか。因《ちな》みに但馬《たじま》はエルフと言えば貧乳《ひんにゆう》派で、ダークエルフと言えば巨乳《きよにゆう》派である。そしてどちらかと言えば貧乳の方が好みである。

ところでさっきこのイルカは、このなんちゃら大陸には人間、亜人、エルフが居ると言っていたが、エルフも亜人ではないのだろうか？　と言うか、人間と亜人もどう違《ちが》うのだ？　生物学的にこれら三種族の違いって？　黒人白人程度でしかないのなら、人権団体が黙っちゃいないが、その点どうなっているのだろうか。

『時に、古代種、とも呼ばれるエルフ、は、かつて人間《モルモット》、から、亜人《キメラ》、を作り出し、ました』

と思って、ものは試しと尋ねてみれば、想像以上に真っ黒な答えが返ってきた。

なにそれ怖《こわ》い。

ただの設定とは言え、このファンタジー世界は割とハードなようだ。考えても見れば魔法一つとってもあの威力だし、一体どんな敵と戦わされるのだろうか……。

『それじゃ、次は武器の使い方を覚えよう！　と言っても、君はまだ何も武器を持っていないね？』

「お、おう。まあな」

よそ事を考えていたら、チュートリアルがまた勝手に進んでいた。どうやら今度は武器についての説明らしい。そんなことよりログアウトの方法を教えてほしかったが、大事なことっぽいし一応黙って聞いておく。

『そういうときは手近なものを手に取ろう。例えば、そこに落ちている石を拾ってごらん？』

「……こうか？」

『それを投げつければ敵にダメージを与《あた》えられるよっ！』

「い、いや、そりゃそうだろうけどさ……初心者に投石で戦えとでも言うのかい？」

魔法があれだったので、もっと凄いものを期待していたのだが、やけに尻《しり》すぼみなものである。もしかして、この世界の戦闘は、何でも魔法で解決するのが一般的《いっぱんてき》であって、あまり武器を使わないのだろうか？　だとしたら分からなくもないが……但馬はさっきの魔法のせいで、今はＭＰがすっからかんだ。だから戦いたくても戦えない。

どうしてこうなった？　言われたとおりにやってきただけなのに……あれ？　もしかしてこのチュートリアルって罠なのか？　このまま、はいはい受け入れ続けていたら、終《しま》いには人肉を食べさせられたりするのだろうか……。

『でも、ここへ来たばかりの君にそれも酷《こく》だから、今回だけ特別に、初心者にも使える武器を支給してあげよう』

「疑ってすみませんでした！　キュリオさんの寛大《かんだい》な心に感謝の念がたえません！」

と思ったら、ちゃんと初心者向けのボーナスアイテムを貰《もら》えるようでホッとする。

『それじゃあ、今度はその辺に転がってる流木を拾って来て。出来るだけ細長くて、握《にぎ》りやすそうなものを選んでね』

「お、おう……」

なんとなく嫌《いや》な予感しかしないが、取りあえず言われたとおりに、そこら辺に落ちていた流木を拾った。握ってよし払ってよし、ここが通学路だったら、伝説の剣と言っても過言じゃない見事な棒切れである。

『拾ったね？　そしたら、それを天に掲《かか》げて、こう叫ぶんだ「クリエイトアイテム」』

「……クリエイトアイテム」

魔法の詠唱と違って、ずいぶん簡潔だなあ……などと思っていると、魔法とは違って、今度は反応も迅速《じんそく》だった。

突如、拾った棒が激しく振動し始める。

あまり期待していなかったせいもあり、突然《とつぜん》の変化に驚いて、但馬は棒を振り落としてしまった。慌《あわ》てて拾い上げようとしたが、木の棒は彼《かれ》の手を離《はな》れてもなお振動を続け、その形状を変えようとしていた。ガリガリガリと木が削《けず》れる音が鳴り響き、その先端《せんたん》が鉛筆《えんぴつ》削《けず》りみたいに鋭《するど》く削れていき、やがて鋭利《えいり》な穂先《ほさき》を持った木の槍《やり》へと変化した。

『Congratulations!　やったね！　木の槍をゲットだぜっ！』

「……こんなんでどうしろと？」

とほほと半べそをかきながら、ようやく振動が止まった槍を手に取る。

最初に拾った時と比べれば、確かに武器っぽくはなったが、しかし所詮《しょせん》は木の槍である。ひのきの棒よりは強そうだが、初心者にこれで戦えというのは、死ねと言ってるようなものじゃないのか？

確かイルカは、この世界には亜人だのエルフだのの他にも、魔物がいると言っていた。こんなんじゃ野犬にすら太刀打《たちう》ち出来ないだろう。まさかこれ、自決用じゃないだろうな……。

「なあ、何か武器固有のスキルとかってないの？　スキル名叫んだら、勝手にコンボが繋《つな》がるみたいな。もうこの際だから、厨二《ちゅうに》的なセリフのオンパレードでもいいぜ？」

『武器も手に入ったことだし、早速実践《さっそくじっせん》してみよう！　まずは敵をサーチするところから始めようねっ。レーダーマップに映ってる、赤い点を目指して歩いてみよう』

イルカは質問には答えず、チュートリアルを勝手に進めようとする。これではっきりしたが、どうやらこの作画崩壊《ほうかい》した不気味の谷からやってきた畜生《ちくしょう》は、答えられない質問はガン無視するように出来ているらしい。まったく役に立たないＡＩだ。

これ以上、こいつに付き合う必要はあるのだろうか……？

但馬が今一番知りたいことは、何と言っても元の世界に戻《もど》る方法であったが、こいつに最後まで付き合ったところで教えてくれるとは思えなかった。

ぶっちゃけ、このチュートリアルだって、ほっときゃ自分で気づきそうなことばかりだった。そのくせ、手に入れたものは役に立ちそうもない木の槍だけで、失ったものはMP100と割に合っていない。

もう自力で考えて行動した方がマシなんじゃないか……などと考えつつ、メニューを弄《いじ》っている時だった。

但馬ははたと気づいた。

見ればレーダーマップで赤い点がビコーンビコーンと動いている。点は三つあり、かなりの速度でレーダーの中心……つまり、ここへ向かって来ているようなのだ。

ちらりとキュリオを流し見る。

『さあ！　レーダーの赤点目指して歩いてみよう！』

「なあ、これってなんかのイベントか？」

『さあ！　レーダーの赤点目指して歩いてみよう！』

イルカはさっきから同じ言葉を連呼してて、もはや会話は成立しなかった。こっちが無視していたら、ある時から機械的にその言葉だけを繰り返すようになった。どうやらその赤点とやらに接触《せっしょく》させたがっているようだが、その赤点の方がこちらへ向かってきているという認識がないらしい。

どうしよう……。

木の槍一本で特攻《とっこう》なんてしたくはないが、これが最初のイベント戦闘《せんとう》だとしたら、どうせ大した敵は出てこないだろう。それに、先程の説明では、赤点は必ずしも敵というわけではないらしい。友好的なＮＰＣという可能性だってありうる。もしかしたら、人里まで案内してくれるかもしれない。少なくともいつまでもイルカと話してるよりマシだろう。

そんな淡《あわ》い期待を抱《だ》いている間も、赤点はぐんぐん近づいてきていて、遠くの方からパカラッパカラッと、馬の蹄《ひづめ》の音が聞こえてきた。どうやら待ち人は馬に乗っているらしい。

そんなことを考えていたら、海風に削れて丘《おか》になっている稜線に、朝日を浴びた長い人影《ひとかげ》がヌッと現れた。

こっちから見えるということは、向こうからも見えているに違いない。逆光のせいで様子がいまいち窺《うかが》えず、警戒《けいかい》して手にした木の槍をぎゅっと握りしめていると、

『やあ、生命体と接触したね。向こうはこっちを警戒してるね。多分敵だよ。反応は三つ。種族は人間だね。人間は心臓、首、内もも辺りに弱点があるよ。さあ、それじゃ早速武器を使ってぶっ殺してみよう！』

オウムみたいに同じ言葉を繰り返していたイルカのセリフが変わった。

「おまえは何を言ってるんだ？　人類みな兄弟。人を殺すなんてとんでもない！」

というか、魔物であってもそんな余裕ないですから……但馬は緊張《きんちょう》で震《ふる》える手で木の槍を握りしめ、ビクビクしながら相手の出方を窺った。

やってきたのは遠目にも人間だと分かった。いかにもゲームっぽい、馬に乗った中世の兵士らしき三人組で、一人は小柄《こがら》だが身なりが良く、シルバーの篭手《こて》と具足、鉄の胸甲《きょうこう》と、腰《こし》に煌《きら》びやかな剣を佩《は》いていた。見た感じ、一番身分が高そうである。

もう一人はその従者と言った感じで、左手には肩《かた》までを覆《おお》う篭手のようなプロテクターを、右手には弓がけをはめており、革《かわ》のよろいを着込《きこ》んでいた。いかにもなアーチャーだった。

そして最後の一人は巨漢《きょかん》のマッチョで、こりゃ鎧《よろい》なんて着てても無駄《むだ》だわ……とフルプレートの騎士《きし》が絶望しそうなでっかいメイスを肩に担《かつ》ぎ、膝《ひざ》に矢を受けた過去がありそうなごっつい兜《かぶと》を被《かぶ》っていた。

その兜のせいで表情は全く読めなかったが、

「動くな!!」

砂浜《すなはま》にビリビリと響《ひび》いた野太い声は、まだかなり距離があるのに、痛いくらい但馬の鼓《こ》膜を震わせた。明らかに大声を出し慣れているバリトンだった。そんな剛の者が、まるでバトントワリングみたいにヒュンヒュンとメイスを振《ふ》り回しつつ近づいてくる。その背後では従者っぽい男がキリキリと弓を引き絞《しぼ》り、鋼鉄の矢じりがキラリと光っていた。

但馬は木の槍を放り投げてバンザイした。

『武器はちゃんと装備しよう！　両手持ち武器は盾《たて》が持てないけど威力が強いよ！　さあ、改めて武器を手にとって、目の前の敵に一発お見舞《みま》いしちゃえ！』

イルカが脳天気な声でそんなセリフをほざいている。

ちょっと黙《だま》っててくれないか。今、危険が危ないんだ。

「わー！　わー！　わー!!　怪しくないです！　怪しくないから撃《う》たないで!!」

但馬が情けない声を上げると、大男は振り回していたメイスを下ろし、

「手を頭の後ろで組んで、膝をつけ。ゆっくりだ」

「はいっ！　迅速に早急《さっきゅう》にゆっくり膝をつきますともっっ!!」

なんだったら土下座するくらいの勢いで、但馬は砂浜に膝を屈《くっ》した。

それを見た大男は慎重《しんちょう》に但馬に近づいてくると、彼の体の上下をパンパンと叩いて所持品検査をし始めた。ハリウッド映画で警官がよくやってるあれである。鈍色《にびいろ》のフルフェイスの隙間《すきま》からは、鋭い眼光が覗《のぞ》いている。体中をまさぐるように動く二《に》の腕《うで》は、明らかに

但馬の太ももよりも太かった。

　さっき死んだら元の世界に戻れるかな？　と思いもしたが、今となっては死んでもごめんだった。お尻の処女までならあげるから、お願いだから殺さないで……。

　そんな風に神に祈りながら、生まれたての子鹿みたいにプルプルしてたら、やがて大男はふっとため息を漏《も》らして立ち上がり、

「分隊長！　何も持ってませんぜ」

　男は丘の上でまだ馬に跨《また》がっていた小柄な兵士に手を振った。その兵士も手を振り返して応えると、馬を降りてゆっくりとこちらへ近づいてきた。それを見て、弓を引き絞っていた兵士が射線を外す。

　ようやく危険が去ったようでホッとする。弓はゲームだと大体弱い部類の武器にされるが、実際に狙《ねら》われてみるとこっちのほうがよっぽど怖かった。近接武器は必死になれば避《よ》けられそうだが、矢はどう避けていいかさっぱりわからないのだ。誰《だれ》だ、弱武器などと言ったのは。

「あのぉ～……手荒《てあら》な真似をしてごめんなさい」

　などと、自分にセルフツッコミを入れていると、頭上から鈴《すず》の音のように甲高い声が聞こえてきて、虚《きょ》を突かれた。最初その兵士を見た時、やけに小柄だなと思ったが、それも

そのはず、

「私はリディア王国、第3大隊第2中隊第1偵察《ていさつ》小隊所属、ブリジット・ゲール軍曹《ぐんそう》です」

ブリジットと名乗る女性兵士は、そう言ってペコリと頭を下げてから、思い直したかのようにすぐさま姿勢を正して、今度は自分の額に手を当てた。それはどう見てもお辞儀《じぎ》と、そして陸軍式の敬礼そのものだった。

「……へ？」

但馬はぽかんと口を半開いた。危険が去ってホッとしたのも確かであるが、まさかこんなところでこんなものが見られるとは思わなかったからだ。

『但馬、波留、さん！　敵は油断してるよ。今すぐ武器を取って殺すんだ！』

「うっせえ！　おまえは引っ込《こ》んでろ！」

その時、頭の中に脳天気な声が響いて、但馬は反射的に叫んでいた。瞬間《しゅんかん》、巨漢の目がギラリと光り、女性兵士は怪訝《けげん》そうに首を傾《かし》げた。

「いやいやいや、すみません！　お嬢《じょう》さんに言ったんじゃないっすよっ⁉」

但馬は自分のしでかしたことに気づくや、地面に額を擦《こす》りつけて何度も詫《わ》びた。やっぱりというかなんというか、この緑色のイルカは他人の目には見えていないようだ。今もピーチクパーチク騒《さわ》いでいる声も、おそらく聞こえていないだろう。もし聞こえていたら、但馬の首と胴体《どうたい》は離《はな》れ離《ばな》れになってるはずだ。

『殺せ、殺せ』

「あーもー！　あーもー！」

イルカはこちらの都合もお構いなしにチュートリアルを続けているつもりのようだ。目の前の兵士たちの目がどんどん厳しくなっていく。下手なことを口走れば誤解されそうで、但馬は頭を抱《かか》えた。早くこいつをなんとかしなきゃ、頭がおかしくなりそうだ。

「頼《たの》むから、いますぐお前を消す方法を教えてくれ……」

追い詰《つ》められた彼は半泣きになりながら、祈るかのようにそう呟《つぶや》いた。

すると、その時だった。

果たして祈りが天に通じたのだろうか、突然、騒がしかったイルカが黙ったかと思うと、

『チュートリアルを終わりますか？（Yes/No）』

続いてメッセージウィンドウに、そんな言葉が表示された。但馬は一も二もなくYesを押《お》すと、そのままの勢いで地面にひれ伏した。

傍《そば》から見ているだけでは、本当に何をやっているかさっぱりわからなかったろう。そんな彼の奇行《きこう》を、兵士二人は哀《あわ》れな者でも見るような目つきで見守っていた。

＊＊＊

　突然、何もない空中に向かって奇声《きせい》を発したかと思えば、今度は地面に這《は》いつくばって土下座を始めた但馬を前に、ブリジットという名の兵士は少々たじろぎながら、困った表情で諭《さと》すように言った。

「あの～、そんなに畏《かしこ》まらないでください。任務上仕方なく武器を向けましたが、こちらに害意はありませんので」

「そそそ、そうなの？」

「はい、エリオスさんも優《やさ》しかったでしょう？　ですから、顔を上げてください」

　その言葉に恐《おそ》る恐る顔を上げると、彼女《かのじょ》は後ろに控《ひか》えている巨漢を指さしながらニッコリ笑った。小柄な体もさることながら、その仕草も意外と可愛《かわい》らしい。兵士だと思って勝手に萎縮《いしゅく》していたが、思った以上に温厚《おんこう》そうな態度にホッとする。

　但馬が額に滴《したた》る大量の汗を拭《ぬぐ》っていると、その巨漢が手を差し伸《の》べて引っ張り上げてくれた。どうやら本当に安心しても良さそうである。初戦闘という名の負けイベントでなくて良かった。

それにしても本当に大きな男である。多分、身長2メートルは下らないのではなかろうか。太ってはいないのに表面積がやたらと広くて、二の腕なんかは丸太で出来てそうだった。

他方、女兵士の方はちんまくて、小学生くらいの背丈《せたけ》しかなかった。手足も細っちくて、こんなんで剣《けん》を振り回すことなんて出来るのか？　と思うくらいだ。しかし、その豊満な胸はワールドクラスである。

大小と言おうか、剛柔《ごうじゅう》と言おうか、物凄《ものすご》いでこぼこコンビであるが、互《たが》いを補い合って意外とバランスは良さそうである。そんな彼女は但馬が立ち上がるのを待ってから、

「落ち着きましたか？　驚《おどろ》かすようなことをしてごめんなさい。こっちも少々立《た》て込んでまして。実はお聞きしたいことがあるのですが……」

「いえいえ、こちらこそ、むやみやたらと平伏《へいふく》したりなんかして……聞きたいこと？　なんすかね？」

但馬がへえこら相槌《あいづち》を打つと、彼女は頷《うなず》いてから、

「実は今から半刻ほど前、ちょうど夜明け頃《ごろ》でしょうか。こちらの方角に物凄く大きな火柱が上がったという報告が、駐屯地《ちゅうとんち》に舞《ま》い込んできたんですよ。私たちはそれを調べに来

たのですが……」

「ああ～」

それを聞いた瞬間、但馬の臓腑《ぞうふ》にいろんな物がすっきり落ちていった。物凄い火柱とは、あれだ。チュートリアルで魔法《まほう》をぶっ放した時の、あの核爆発《かくばくはつ》みたいな炎《ほのお》のことだ。そりゃ、あんなのを見たら誰だって驚くだろう。

それで彼らは様子を見に行くよう命じられ、そしたら、砂浜で但馬が一人で空気を相手に漫才《まんざい》していたというわけだ。物凄い不審者《ふしんしゃ》である。職質くらいするってもんだ。

但馬は苦笑《くしょう》しながら、

「そ、そういえば、なんか凄い閃光《せんこう》が見えましたねえ。いやー、びっくりしちゃいましたね。あれは何だったんでしょうかね」

彼は炎は見たけど自分は関係ないというフリで逃《のが》れることにした。

本当のことを言ったところで、どうせ信じちゃくれないだろうし、何の利益があるとも思えなかった。大体、もう一度やれと言われても、今はMP0だから無理なのだ。

思えば、そのMPが0になった理由のせいでこうして職質までされているのだから、本当にあのチュートリアルはなんだったのか……と、但馬が眉間《みけん》にシワを寄せていると、目の前の彼女はホッと安堵《あんど》の息を吐《は》いてから、

「良かった。見てたんですね。それじゃ、炎が上がった場所はわかります？　ざっくりこっちの方角とだけ聞いて来たんですけど、現場が全然見つからなくって」

「ああ、それだったら、あっちの方ですよ」

「え？」

但馬がなんの気なしに海の方を指差すと、ブリジットは虚を突かれたようにぽかんとしてから、続いて海と但馬の間を何度も目で往復した後、その表情は次第《しだい》に険しいものへと変わっていった。

何かおかしなことを言っただろうか？　但馬はソワソワしながら、

「水平線の向こう側っすよ。ここからだと……五、六キロ沖合ですかね」

「それは間違いありませんか？」

「ええ、そりゃもう……嘘《うそ》じゃないっすよ⁉」

実際、嘘はついてない。それをやったのは自分なんだから間違いない。だというのに、目の前の女兵士はそれが信じられないといった感じに首を捻《ひね》り、困惑《こんわく》気味に後ろに控えている巨漢へと振り返った。

「エリオスさん。この近辺まで、エルフが出てきたってことでしょうか？」

するとと巨漢の方も、首を振って険しい顔をしながら、

「考えられませんな。森からはだいぶ距離《きょり》がある」

「ですよね……」

「海というのも、わけが分かりませんな。もしかしたら何か別の現象だったか、あるいは、彼の見間違《みまちが》いか」

二人の視線が突き刺《さ》さる。嘘つき呼ばわりとは心外な。しかし、状況《じょうきょう》がいまいち飲《の》み込めないので、黙っているしかない。但馬がぼーっと成り行きを見守っていると、

「……失礼ですが、本当に火柱は海の中から上がったんですね？」

「ええ、まあ……」

そこまで念を押されることなのだろうか。とはいえ、どう答えたら彼らが気に入るのかが分からないので、ありのまま話すしかなかった。

ブリジットはなおも疑《うたぐ》り深《ぶか》く但馬の顔を見つめていたが、やがてその顔に嘘がないと見て取ると、また巨漢の方へと向き直り、

「どういうことでしょうか……」「もしかして……」「でも……」「だったら……」

そして二人は但馬を置いてけぼりにして、侃々諤々《かんかんがくがく》議論を交《か》わし始めてしまうのであった。

なんだろう……？　自分はそんなにおかしなことを言ってしまったのだろうか？　理由

がさっぱり分からないから、愛想笑《あいそわら》いを浮《う》かべているよりなかった。

ところで、彼らの不可解な言動も気にはなったが……もう一つ気になるものがあった。

今、ブリジットは確かにエルフと言ったはずだ。どうやら本当にこの世界にはエルフという種族が存在するらしい。

正直、こんな世界からはさっさとおさらばしたいところだったが、もしもエルフに会えるのなら、帰る前に一度くらいは会ってみたいものである。森がどうこう言っていたから、やはりエルフは森で暮らしているらしい。後で様子を見に行ってみようか……。

そう思ってちらりと森の方に目だけを動かしたら、追いかけるようにしてステータス画面が視界に覆いかぶさってきた。切羽詰《せっぱつ》まっていたから、今まで気にせず話していたが、実は兵士たちと会話している間も、ウィンドウは表示されっぱなしだったのだ。

いい加減、これをどうにか出来ないものだろうか？　半透明《はんとうめい》とはいえ、誰かと話をしている間もずっと視界にかかっているから、気になって仕方がないのだが、消し方がわからないのだ。チュートリアルを中途半端《ちゅうとはんぱ》に終えてしまったのは失敗だったか……。

そんな後悔《こうかい》をしつつ、但馬が自分の頭を叩《たた》いたり捻ったりしていると、

「……何してるんです？」

いつの間にか、胡乱《うろん》な目つきのブリジットが正面から覗き込んでいた。

「あ、いや……ちょっと目にゴミが入って」

　但馬は気をつけをすると愛想笑いを浮かべた。相変わらず画面が邪魔で仕方なかったが、まだ我慢《がまん》するしかなさそうである。

　ブリジットは不審《ふしん》そうな表情を浮かべていたが、すぐ気を取り直すように、

「そうですか、話の最中にお待たせして申し訳ありません。目撃《もくげき》情報に感謝します。ところで、念のためにお聞きしますが、あなたはこちらで何をしていたんでしょうか？」

「え？」

「街から結構ありますし、一人じゃ危ないですよ」

　今度は何を聞かれるのかと思いきや、まんま職質だった。そりゃまあ、こんな場所に一人でいるやつを、職質するなという方が無理な相談ではあるが、今は一番聞かれたくないことだった。何しろ、当の本人だって何をしてるんだかさっぱりなのだ。

　どうしよう……真面目に答えたら病院送りにされそうだが、黙っていたところで状況は悪化するだけだ。かと言って本当のことを言っても信じちゃくれないだろうし、逆に信じてくれたらくれたで、悪魔憑《あくまつ》きとか呼ばれて処刑《しょけい》されてもおかしくないだろう。

　ここは何としても理由をでっち上げねばならないが……。

「何か言えない理由でもあるんですか？　ここは前線にも近いですし、我が国《わくに》は戦争中で

すから放っておくわけにもいかないんですよ。多少のことなら目をつむりますから、正直に答えてください」

「え？　戦争⁉」

返事に詰まっていると、焦《じ》れた相手から催促《さいそく》された。そこに思いもよらぬ単語が出てきて、但馬は思わず素で反応してしまった。

それは兵士たちも想定外だったであろう。途端《とたん》に視線が剣呑《けんのん》に変わっていく……。

「……いくらなんでも、戦争のことを知らないなんて人いませんよ。あなた、一体何者です？　リディアの民じゃありませんね」

やっちまったと嘆《なげ》いても、もはや後の祭りである。見ればブリジットの手が、いつの間にか腰に佩いた剣の頭に載っていた。相手は自分より一回りも二回りも小さいのに、妙《みょう》なプレッシャーを感じて冷《ひ》や汗《あせ》が出る。なんだろう、この迫力《はくりょく》は。下手な言い訳をしたら、今にも斬《き》り殺されそうである。

但馬はあたふたしながら言い訳を探した。もはや取り繕《つくろ》っている場合ではない。多少頭がおかしいと思われても、相手の納得《なっとく》する答えを見つけ出さねばと、脳みそをぎゅるんぎゅるん高速回転させていた時だった……。

彼はハッと、イルカの言っていた設定のことを思い出し、

「そ、そうだ！　実は乗っていた船が難破して！」

「……船？」

咄嗟《とっさ》にそう言うと、ブリジットは剣に手をやったまま意外そうに首を傾げた。但馬はこくこく頷きながら、

「そうそう、そうなんです！　確か俺《おれ》は……いやいや、実は俺は南の国の商人で、貿易のために船に乗ってやってきたんですけど、途中《とちゅう》で酷《ひど》い嵐《あらし》に遭《あ》って船が沈没《ちんぼつ》。沈《しず》みゆく船から命からがら脱出《だっしゅつ》したは良いものの、積み荷を失い失意のままここまで流されてきてしまったんですよ」

但馬は一気に捲《まく》し立てた。確かイルカのチュートリアルではこんな感じの説明があったはずだ。チュートリアルなんだからプレイヤーが困らないように、ちゃんと設定が練《ね》り込まれているはずである。どうだい、この隙《すき》のない説明は？

但馬が胸を張っていると、ブリジットは怪訝そうな目つきで、

「船が難破……？　本当なんですか、それ」

「嘘なんて、そんな。あれあれ？　まさか信じられないとでも？」

「ええ、まあ。そのわりには着てる服が綺麗《きれい》ですし……」

「げふんげふん」

あのイルカ野郎《やろう》……ぐうの音も出なくて思わず咽《む》せる。チュートリアルに即座《そくざ》に嘘だとバレる設定を盛るやつがどこにいるのだ。お陰《かげ》でまた窮地《きゅうち》に逆戻《ぎゃくもど》りである。

思い返せば、あのイルカは徹頭徹尾《てっとうてつび》役に立たない情報しかくれなかった。ＭＰまですっからかんにしてくれて、本当にあいつは何のために出てきたんだ？　いっそ何もしないで、放置された方がまだマシだったんじゃないか？

ともあれ、今はイルカに恨《うら》み節《ぶし》をつぶやいている時ではないだろう。どうしよう、この兵士たち、めっちゃ怪《あや》しいと思っているよな……。

「分隊長」

と、但馬が必死に言い訳を探している時だった。二人のやり取りを後ろの方でじっと見守っていた巨漢がふいに進み出て、ゴニョゴニョと何かブリジットに耳打ちした。

彼女はそれをフンフンと頷きながら聞いていたかと思うと、

「あっ……ああ〜、なるほど、例のアレですか」

と何かに納得し、それから慈《いつく》しむような、それでいて哀れむような、なんともいえない絶妙《ぜつみょう》な笑顔《えがお》を但馬に向けてきた。

「分かりました。それじゃあ、そういうことにしておきましょうか」

「おい、今何に納得した。そんな哀れむような目で見るのはやめろ。言いたいことがある

ならはっきり言えよ」

「いいんですよ、そういうのがあるというのは聞いてましたし。リディアは移民の国。信《しん》仰《こう》の自由は王も保障していますから、ご安心ください」

なんだろう……微妙《びみょう》な言い回しである。信仰の自由とは？　一体、自分は何を勘違《かんちが》いされているのだ？　ヤバいヤツと思われるのは癪《しゃく》に障《さわ》るが、かと言って本当のことも言えないし……

但馬が悩《なや》んでいると、ブリジットは小馬鹿にするような雰囲気《ふんいき》で恭《うやうや》しく敬礼し、

「では街までご案内しましょう、勇者様」

と言って、これ以上話していても無意味だと言わんばかりに踵《きびす》を返した。

「勇者様？」

それは自分に対して言っているのだろうか？　ＲＰＧでお馴染《なじ》みの単語だが、どうしていきなりそんな風に呼ばれたのか、釈然《しゃくぜん》としなかった。

「……どうした？　街へ行かないのか……まあ、おまえの好きにすれば良い」

立ち去るブリジットの背中を目で追っていたら、巨漢が背中をバンと強打してきた。いや、彼としては軽く叩いたつもりだろうが、一歩二歩とよろめいてしまう。話の流れからして、この男が何か入れ知恵《ぢえ》したのは間違《まちが》いないが、それが何か聞きたくても、怖くて声

が出なかった。

巨漢は但馬を見下ろすように一瞥《いちべつ》した後、ノッシノッシと去っていった。おまえの好きにすれば良いとは、この場に残りたけりゃ残れば良いということだろうか。つまり、彼らからしてみれば但馬はもう用済みで、無罪放免《ほうめん》、もしも望むなら街まで案内してやると言っているようだ。

色々ボロを出してしまった今となっては、この場で兵士たちと別れるのは得策ではないだろう。何がどうしてこうなったのかは分からないが……。

但馬は肩を竦《すく》めると、彼らの後につき従った。

序章　3・勇者教と言う病

「勇者教？」

「ああ。南の島からやってきたって言ったら、あれだろ？　えーと、なんてったっけ。ブリ……ブリ……そう、ブリタニアだ」

青年はそう言うと、白い歯を見せてニカッと笑った。

話は少し前後する。

ブリジットたちに街まで案内すると言われた但馬は、なんだか馬鹿にされている気分になりながらも、黙って彼らについて行くことにした。この右も左も分からない世界では、そうするより他なかった。

砂浜から丘陵《きゅうりょう》に上がると、そこで従者らしき青年が退屈《たいくつ》そうに待っていた。最初に、弓を向けてきたやつである。へえこらしている彼から手綱《たづな》を渡《わた》されると、上官たち二人はもう但馬の方を振り返らずに、馬に跨《また》がり去っていってしまった。

おまえは歩けということだろうか……？　取り残された但馬が、ぼうっとその背中を眺

めていたら、横からヌッと顔を近づけてきて、

「おまえ、何をしたんだよ？」

青年が好奇心《こうきしん》のおもむくままに尋《たず》ねてきた。こっちが聞きたいくらいだ。

憮然《ぶぜん》としながら先を行く二人を追いかけようとすると、手綱を引いた青年が黙って横に並んできた。一緒《いっしょ》に歩いてくれるのは、気持ち嬉《うれ》しくもあったが、どうせなら馬に乗せてくれれば100点だった。

青年は筋肉ムキムキとは言わないが、絞るところは絞られた引き締《し》まった体躯《たいく》の、いかにも軍人といった感じの男だった。年《とし》の頃は但馬《たじま》とそう変わらない。人の良さそうな愛嬌《あいきょう》のある顔をしていて好感が持てたが、同時にそこそこイケメンなのが気に食わなかった。金髪碧眼《きんぱつへきがん》なのも癪に障った。弓を向けてきたことも相俟《あいま》って、晴れてマイナス評価である。

軍人ではあるのだろうが、上官の二人と違《ちが》って剣や槍みたいな長物は携帯《けいたい》しておらず、代わりに左肩《ひだりかた》に長弓《ちょうきゅう》を担ぎ、腰にはクラリオンをぶら下げていた。多分、伝令係とかそういう役割なのだろう。

そんな彼と地べたをダラダラ歩いていたら、無言が苦手らしき青年がそのうち耐《た》えきれなくなって、そして冒頭《ぼうとう》のセリフが飛び出したのである。

勇者教？　ファンタジーで勇者と言えば定番であるが、どうやらここでは勇者は宗教ら

しい。なんのこっちゃ。

「伝説の勇者様の真似事《まねごと》をする連中のことだよ。聖地巡礼《じゅんれい》っつーの？　勇者様と同じ足跡《そくせき》を辿《たど》り修行《しゅぎょう》を続ければ、いつか彼のような神通力を得ることが出来るっていう。おまえも患者《かんじゃ》……じゃなかった。信者じゃないのか？」

患者？　今、こいつ患者と言ったな……？　道理でブリジットの目が急に冷たくなったわけである。勇者教とは、この世界ではまんま中二病みたいな扱《あつか》いらしい。

何もない浜辺《はまべ》で明らかに不審な行動をしていた但馬が、どうしてお咎《とが》めなしだったのかと言えば、それは勇者様になりきった馬鹿が、朝日をバックに修行をしていたと思われたからというわけだ。

うーむ……誤解を解きたいのは山々だったが、話がこじれると厄介《やっかい》だ。バカにされて済むというなら、ここは甘《あま》んじて受け入れるのが得策だろう。とほほほ……。

それよりも一つ気になったのは、

「ブリタニア？　ブリタニアって……あのブリタニア？」

確かローマ帝国《ていこく》属州時代のイギリスの呼称《こしょう》である。

ということは、イギリスがあるの？　南の方に？　じゃあ、ここはアイスランドなのだろうか？　言われてみれば確かに、遠くの方に噴煙《ふんえん》を上げる火山が見えるが……。

「さあな、どのブリタニアかは知らないよ。その島を目指して、帰ってきたものは居ないんだからな」

この近辺の海流は速くて一方通行で、迂闊《うかつ》に外洋に出てしまうと、船が南に流されてしまって戻ってこられなくなるらしい。

じゃあ、なんで南に島があるのを知ってるのか？　と言えば、勇者がその南の島・ブリタニアの出身だと言っていたからだそうだ。

「昔、海流に流されて辿り着いた漁師たちが、今でもそこで暮らしているんだと。で、島で暮らしていると、同じように時たま大陸から人が流されてくるらしくて、探険家であった勇者様は彼《かれ》らから話を聞いて、この大陸を目指すことにしたんだ」

「でも、海流のせいで近づけないんだろ？」

「まあな。ところが勇者様が言うには、海流ってのは必ず渦《うず》を巻くように流れているもので、流れに逆らわず南へ向かえば、やがてぐるっと回って北へ向かい、大陸に着くはずだって。そうやって、何にもない大海原《おおうなばら》を、何十日もかけて辿り着いたらしい」

補陀落渡海《ふだらくとかい》かよ。恐ろしいことを思いつくやつである。

彼が言ってるのは、多分、海洋循環《じゅんかん》のことだろうが、普通《ふつう》はそんなに上手《うま》くいくわけがない。まず間違いなく漂流《ひょうりゅう》してお陀仏《だぶつ》だ。勇者が本当に南の島から来たというなら、よっぽどの強運の持ち主だったに違いない。

とにもかくにも勇者は渡来《とらい》し、原住民のリーダー……つまり、今のこの国の王に助けられた。その場所というのが、さっきの海岸付近であったらしい。

「それにしても、おまえやけに詳《くわ》しいな。勇者教なの？」

「バカ言えよ。俺の親父《おやじ》が北の大陸出身なんだ。勇者様の伝説は、耳にタコが出来るくらい聞かされたのさ」

かつてこの地には勇者が君臨していたらしい。

当時、未開の地であったリディアは、森に住まうエルフの侵入《しんにゅう》に悩まされていた。強大な魔力《まりょく》を操《あやつ》るエルフに、普通の人間は太刀《たち》打ち出来ず、王国は苦戦を強《し》いられていた。

ところが勇者はそんな敵を物ともせず、バッタバッタとなぎ倒《たお》し、森を切り開き山を削《けず》って、徐々《じょじょ》にその版図を広げていった。

勇者の才覚は武威《ぶい》にとどまらず、彼はどこから仕入れてきたのか知れない不思議な技術を持ち、まだ未開の地でしかなかったリディアの近代化にまで成功した。

こうして開拓者《かいたくしゃ》の国リディアの建国に貢献《こうけん》した彼は、お次は内海を渡って北のエトルリア大陸へと進出し、各地の戦場を渡り歩いて一騎当千《いっきとうせん》の活躍《かつやく》を遂《と》げ、名声をほしいままにするのであった。

しかし、どの世界にも人気者に嫉妬《しっと》するケチな連中がいるもので、やがて貴族のやっかみを買った彼は孤立《こりつ》し、最終的に彼の信奉者《しんぽうしゃ》と共に極寒《ごっかん》の北方大陸へと追いやられ、そこで国を興《おこ》すことにした。

幸い、勇者の国では黄金期が長きにわたり続き、貴族たちは臍《ほぞ》を噬《か》んで悔《くや》しがったそうであるが……しかし、その最後は呆気《あっけ》ないもので、晩年の彼は冷静さを失って暴虐《ぼうぎゃく》の限りを尽《つ》くし、ついには部下に裏切られて暗殺された。その後、国はいくつにも分裂《ぶんれつ》し、酷い内戦を続けているのだとか。

「親父は戦乱を避けてこっちの大陸に渡って来たんだって。エトルリアでは差別されるから、流れ流れてリディアまで。ここは勇者様ゆかりの地だからな……って、人がわざわざ教えてやってるってのによ。おまえはさっきから何をやってんだ」

「いや……目にゴミが入ったというか、脳にゴミが入ったというか……」

青年が勇者について教えてくれている間も、但馬は首を捻ったり、頭を叩いたり、コメカミをグーで押さえたりと、忙《せわ》しなく動き続けていた。実は、未《いま》だにメニュー画面が出っ放しで、気になってしょうがなかったのだ。

「ところで、兵隊さんよ。ちょっと聞きたいんだけど、目の中に幕がかかるっていうか、頭の中に文字が浮かぶっていうか……そう！　メニュー画面みたいなものが、若いうちは見えたり見えなかったりするとかって話、聞いたことないかなあ？」

「任せろ。いい医者を知ってんだ」

このメニュー画面、もしかして他の人にも見えていたりしないかなあ？　……と駄目元《だめもと》で聞いてみたが、やっぱり見えていないらしい。まあ、見えてるなら、さっきブリジットがイルカに反応していたはずだろう。

それじゃ、このゲームみたいなインターフェースは一体何なんだろうか……？　さっきから勇者だのエルフだの魔法だのと、普通に会話に上っているから、魔法を使うこと自体はこの世界でも珍《めずら》しいことではないらしいが。しかし、メニュー画面が見えないのであれば、他の人達《たち》はどうやって魔法を使うというのだ？　解《げ》せない話である。

ともあれ、このままウィンドウが出っぱなしでは歩きづらくって仕方がない。なんとか引っ込められないかと試行錯誤《しこうさくご》していたら、

「……お？　消えた！　……こうかな??」

ようやくウィンドウの消し方を見つけた。久方ぶりのクリアな視界にホッとする。

分かってみれば単純明快。どうやらこのメニュー画面、右のコメカミを叩くと現れて、左を叩くと消えるらしい。今まで気づかなかったのは、但馬が右利《みぎき》きだから、偶然《ぐうぜん》に避けてしまっていたのだろう。

そして、余裕《よゆう》が生まれると、次は色々試《ため》したくなった。思い立って、今度はウィンドウを消した状態で、左のコメカミを叩いてみる。すると但馬が視線を向けていた先にあった木から、なにやらウィンドウがポップアップした。

『Fatsia.Tree.Plants, 261, age.4, None.Status_Normal』

「わっ！　なんかすげえの出た」

いきなりアルファベットがたくさん現れて一瞬《いっしゅん》気が遠くなりかけたが、よく見れば木の名前や種類、状態を表しているだけのようである。どうやら、意識して視線を合わせている物体の状態が分かるらしい。さしずめ鑑定魔法《かんていまほう》と言ったところだろうか。

面白《おもしろ》いから、周りの木々や石ころなど、手当《てあ》たり次第に試していると、

「おまえ、さっきから何やってんだよ。本当に頭がイカれちまったのか？」

呆《あき》れた様子で青年が話しかけてきたので、人間の方も試してみる。

『Simao.Male.Human, 181, 75, Age.18, 97, 88, 90, Alv.0, HP.148, MP.0, None.Status_Normal,,,,, Class.Private, Enlisted.Lydian_Army, Lydian,,,,, Archery.lv1, Equestrian.lv1, Smithing.lv5, Alchemy.lv1, Communication.lv6,,,,,,etc,,,,,etc,,,,,』

すると案の定、人間のステータスも表示された。

それどころか人間のものは、植物や鉱石よりずっと情報量が多かった。名前、性別、H

ＰやＭＰなどパッと見てすぐに分かるものと、まったく意味不明なものが百も二百もズラズラ並んでいる。

その全部を詳しくは見ていられないので、大事なものは先頭の方にあると決めつけ、青年のプロフィールを眺《なが》めてみる。

「Simao……島尾《しまお》？」

一番最初の部分は、おそらく彼の名前だろう。Simaoという名前の、性別男、人間。その隣《となり》の数値はわからないが、年齢《ねんれい》は十八歳《さい》で……ＡＬＶ、ＨＰ、ＭＰと続く。ＡＬＶが何だか分からないが、０とは情けない。

「シモンだっつーの。誰がシマオだ……って、あれ？　俺、名乗ったっけ？」

「言った言った」

情報を読み込んでいるときに、声に出ていたらしい。本人から直々に正しい読み方を教えてもらえた。男の名前を覚えるのは苦手なので、明日まで覚えているかは定かでない。

ところで、名前は分かったが苗字《みょうじ》の方が見当たらない。まさかシモン・メールさんではあるまいし、この世界の庶民《しょみん》は姓《せい》がないのが普通なのだろうか？

試しに前方を行く巨漢《きょかん》を見てみると、

『Helios.Male.Human, 206, 114, Age.42, 118, 105, 113, Alv.0, HP.313, MP.0, None.Status_

Normal,,,,, Class.Private, Mercenary.Lydian_Army, Celestian,,,,,Strength.lv3, Mace.lv5, Equestrian.lv2,,,,,,,etc,,,,,etc,,,,』

彼にも苗字がないので、どうやらそれが普通らしい。思ったよりもずっと年を食っていて、ＨＰも年齢もシモンの倍以上あった。ところで、気になるのはシモンと同じでＡＬＶとＭＰが０の方だ。

本当に、ＡＬＶとは何なのだ？　場所的にも重要そうだから、ベースレベルとかそんなもののように思えるが、だとしたら０というのがいただけない。ＭＰ０は魔法が使えないならありそうだが、レベルが０というのはどういう状態なのか見当がつかない。

そういえば……。

ここへ来て初めてステータス画面を開いた時、自分のステータスも確認《かくにん》したはずだが、その時はスルーしたが、自分のレベルは０ではなかったはずだ。

但馬は改めてウィンドウを開き直し、詳細《しょうさい》を表示してみた。

『但馬　波留

ＡＬＶ００１／ＨＰ１００／ＭＰ００１

出身地：千葉・日本　血液型：ＡＢＯ

身長：１７７　体重：６２　年齢：１９

所持金：0……』

相変わらず、やる気が感じられないステータス画面であるが……やはり間違いない。但馬はALVが1のようだ。違いといえば、MPも0ではないから、もしかすると魔法に関係あるものなのかも知れない。出来れば魔法が使える人の鑑定《かんてい》もしてみたいところだ。

ブリジットはどうなんだろうか……？　そう思い、左のコメカミをタップしようとした時だった。

ステータス画面の横にあるレーダーマップで、赤い点がビコーンビコーンと動いていることに気がついた。

点は今まさに但馬たちが向かっている方角から、こっちへ真《ま》っ直《す》ぐ向かって来ている。数は十。一糸乱れぬ動きは訓練されたもののように思える。もしかして、お仲間だろうか？

気になるものはもう一組あった。但馬たちが居る場所から右手、距離にして150～200メートルくらいの位置に、よく見ると小高い丘《おか》があるのだが、その近辺に複数の光点が固まって見えるのだ。しかし、こちらはまったく動かない。

状況からして、何かが隠《かく》れているようにしか見えない。野生動物の群れか何かだろうか？　そういえば、イルカは魔物《まもの》がいると言っていた。なんだか嫌《いや》な予感がするので、前を行くブリジットに報告しようかと思ったが、そうする前に前方から砂埃《すなぼこり》が上がって、揃いの甲《かっ》冑《ちゅう》を身にまとった騎士《きし》たちが現れた。

先を行く二人はそれを見るなり、馬から降りて道を譲《ゆず》った。どうやらお仲間で間違いないらしい。

「げっ……近衛かよ。おい、おまえもこっち来て道開けろ」

シモンが慌《あわ》てて道の端《はし》っこで膝《ひざ》をつく。近衛というと、王族を守るあれだろうか？　国によっては貴族しかなれないというから、見た目以上に偉《えら》いのかも知れない。

まるで参勤交代の行列みたいだ……そんなことを思いつつ、但馬も端に寄って膝をつく。そんなことをする義理はなかったが、突《つ》っ張って立場を危《あや》うくする必要もないだろう。

やがて近衛隊は但馬たちのいる場所まで到達《とうたつ》し、そのまま通り過ぎるかと思いきや、

「貴様らはここで何をしている。指揮官は誰《だれ》か」

「私です」

「なんだ、おまえか……」

ブリジットが一歩進み出ると、騎士は不愉快《ふゆかい》そうに舌打ちした。自分の方は名乗りもせず、偉そうな素振《そぶ》りを隠そうともせず、突如《とつじょ》現れた騎士は馬上から大上段に構えていた。

序章　4・MP001

会社経営者とか医者とか弁護士とか、社会的成功者の中には圧が強いというか、サイコパスなんじゃないのというか、一見して「うわっ、嫌だなあ……」という雰囲気がだだ漏《も》れている人間がいるが、目の前にいる男がそれだった。

近衛《このえ》兵《へい》を引き連れてやってきた男は、ブリジットが唯々《いい》諾々《だくだく》と従っている姿を見る限り、実際相当偉いのだろう。彼女は但馬《たじま》と初めて出会った時とは打って変わって、背筋をぴんと伸ばして必要以上に丁寧《ていねい》な敬礼をした。

「３２１偵察《ていさつ》小隊、ブリジット・ゲール軍曹《ぐんそう》であります。本日未明、西方にて火の手が上がったとの通報があり、その調査をしておりました」

「で？」

「哨戒《しょうかい》中、海岸にて目撃者《もくげきしゃ》を発見し、情報を得て只今《ただいま》帰投中であります」

「で？」

「以上です」

「そいつは？」

「目撃者の方です」

自分には関係ないと思って、ぼーっと見物を決め込《きこ》んでいたら、話の矛先《ほこさき》がいきなりこっちに向いた。あたふたしていると、近衛騎士がカッポカッポと馬を進めてきて、すっごい上から目線で声をかけてきた。嫌な感じだ。

「目撃者というのは貴様か？」

「ええ、まあ……」

「その時の状況を詳しく話せ」

「えーっと……海を眺めていたら、沖の方でこう、ワーっとね」

「炎が上がったのは海上なのか？」

「そうだよ」

「間違いないな？」

「……ああ」

こう何度も確認されると自信をなくすが、本当のことだからどうしようもない。しかし、ブリジットも不審がっていたが、海で爆発《ばくはつ》があったということが、そんなにおかしいことなのだろうか。

いや、まあ、確かに？　海の中には燃えるものなんてないから、そこから巨大《きょだい》な火柱が上がったと言われても、普通に考えればおかしな話だろう。なにせ魔法《まほう》のしたことである。正直に答えてしまったが、もしかして言わない方が良かったのだろうか……。

但馬は段々不安になってきたが、

「そうか」

意外にも、騎士はそれ以上追求はせずあっさりと引いた。

「実は貴様らとは入れ違いに、憲兵隊の方にも通報があった。それによると、今朝方、沖に出ていた複数の漁師たちも、その火柱を目撃していたらしい」

どうやら、問題は既《すで》に片付いてしまっているようだった。街に到着《とうちゃく》したら詰問《きつもん》されるのかな？　と不安に思っていたが、それもなさそうである。

「今、調査隊が編成されているところだ。場所も大方特定できているから、お役御免《ごめん》だ。代わりに軍曹。お前たちは我が隊に合流しろ」

「近衛隊にですか？　しかし、駐屯地《ちゅうとんち》への報告もありますし……」

「いいから来い、上官命令だ」

「はあ……どうしてもと言うなら。それで私たちは何をするんです？」

ブリジットもこいつについていくのはゴメンだと思っているのだろうか。上官相手に嫌そうな顔を隠そうともせず渋《しぶ》っていたが、その上官の続く言葉に目の色が変わった。

「実は、本土の姫殿下《ひめでんか》が今朝消息を絶ったのだ。いつものお忍《しの》びとはどうも様子が違うらしい。先刻、近衛の詰《つ》め所《しょ》に侍女《じじょ》が駆《か》け込んできた」

「……リリィ様が⁉」

「すぐさま近所を捜索《そうさく》させたが、未だ見つからん。街を出たとは考えにくいが、誘拐《ゆうかい》の可能性もなくはない。例の発光現象のこともあるし……そんなわけで人手が必要なのだ」

「エリオスさん！　シモンさん！」

ブリジットが泡《あわ》を食って振《ふ》り返ると、部下の二人は心得たと言わんばかりに、もう馬に跨《また》がっていた。彼女《かのじょ》も慌てて自分の馬によじ登る。

聞いていた感じでは、どうも緊急《きんきゅう》事態が発生したらしい。そういえば、戦争中とか言っていたなあ……と但馬がぼんやり考えていると、手綱をさばいてブリジットが近寄ってきた。

「すみません、街まで送るつもりでしたが」

「別にいいっすよ。街まで、もうちょっとですよね？」

「ええ、あと半刻も歩けば」

半刻とは三十分のことだろうか、一時間のことだろうか。どっちにしろ、歩いてそのくらいなら、もう大した距離《きょり》ではないだろう。街の方角は、近衛兵がやってきた方向から何となく分かるし、道を辿っていけばそのうち着きそうだ。

ブリジットは手を振る但馬に頭を下げると、近衛騎士の集団に合流すべく背を向けた。但馬もその背中を黙《だま》って見送るつもりだったが、その時ふと思い立って、

「あ、そうだ。ちょっと待って」

呼び止められたブリジットが手綱を絞《しぼ》り、イラッとした表情で振り返る。女の子の嫌そうな顔って、なんでこうソソるんだろうと思いながら、

「実は、ちょっと気になってたんだけど」

「なにがですか？」

「えーと、あそこに小さい丘があるでしょう？　あそこ、怪しくないっすかね？」

「……は？」

但馬は右のコメカミをタップした。

表示されたレーダーマップの中央には、今、いくつもの赤い光点が取り巻いていた。言うまでもなく、これはブリジットたちと近衛隊のもので間違いないだろう。

他方、まるでそれを見張るかのように、中心から少し離《はな》れた丘の付近にも、さっきから複数の赤い点が見えていた。最初は野生動物の群れか何かだと思っていたが、話を聞いた

今となっては、別の何かを疑わざるを得ない。

現場は見晴らしの良い草原で、丘と言っても本当に些細《ささい》なものだから、意識してみなければ気づかなかっただろう。ましてや、その向こう側に人が潜《ひそ》んでいるなんて、素人《しろうと》の但馬に言われても説得力がなかった。

「どうした、軍曹。早くしろ」

ブリジットが遅《おそ》いことに業を煮《に》やした騎士が、彼女を呼びにやって来た。彼女は但馬に言われたことを騎士に伝えたが、彼は鼻で笑うと、

「素人意見などバカバカしい。時間が惜《お》しいからさっさとしろ」

「はあ……」

まあ、こんなものだろう。

もしもこの光点が、彼らの言う間者か何かだったら、何も言わずに立ち去るのは寝覚《ねざ》めが悪いから、一応伝えるだけ伝えたのだ。その情報をどう扱うかまでは、但馬の知ったことではない。

但馬は肩《かた》を竦めると、近衛騎士にぺこりと頭を下げ、彼らとは反対方向の街を目指して歩き出した。最低限の義理は尽くした。後は彼ら次第《しだい》である。

「どうして、怪しいと思うんですか？」

そうして歩きだした瞬間《しゅんかん》、今度はブリジットの方から声が掛《か》かった。行きかけた足がつんのめる。振り返れば彼女は馬上から上半身だけこちらに向けていた。

さて、なんでと言われれば、自分のレーダーマップに赤い点が表示されているからなのだが……そんなことを言っても頭がおかしいと思われるのが落ちであろう。しかし、他に理由はない。

どう言えば彼女が満足するだろうかと、困って天を仰《あお》いだ時だった。

「鳥が……」

見上げれば空高くに、渡り鳥の編隊が綺麗なへの字を描《えが》いて滑空《かっくう》していた。但馬はその姿に、源義家の故事を思い出し、

「渡り鳥がさっきあのへんで隊列を乱したもんで。何かあるんじゃないかと思って」

そう言って上空を指さした。

ブリジットと騎士の二人は、揃《そろ》って同じ角度でぽかんと空を見上げた。素人意見とか言ってたくせに、なんやかんや気にしていたのだろうか。と、その時、偶然その渡り鳥が件の丘の上空に差し掛かり、途端に隊列を乱して行き先を変えた。

二人は顔を見合わせた。但馬の話に信憑性《しんぴょうせい》が加わったようだ。

「軍曹、おまえは左へ回りこめ……ジル隊は俺に着いてこい。抜刀《ばっとう》！」

騎士は言うが早いか馬を駆って駆け出した。彼の部下の騎士たちが、不平も言わずに黙ってその後に続いた。

「エリオスさん、シモンさんは、この人の護衛をお願いします」

ブリジットはエリオスたちに指示すると、自分は騎士に言われたとおり左方向へ馬を回した。残りの近衛兵半分が彼女に付き従っていく。実に迅速《じんそく》な行動である。練度の高さが窺《うかが》われる。

「何があったんだ?」

未だ状況《じようきよう》を飲《の》み込めていないシモンが近寄ってきた。同じくエリオスも下馬し、手綱を引いてやってくる。但馬がなんて説明しようかと思っていると……。

丁度その時、二手に分かれた騎士たちが丘へと差し掛かった瞬間だった。

バンッッッッッ‼

突然《とつぜん》、大砲《たいほう》でも撃《う》たれたかのような大音響《だいおんきよう》がこだまし、不意打ちを食《く》らった鼓膜《こまく》にビリビリ衝撃《しようげき》が走った。

丘陵に砂塵《さじん》が靄《もや》のように掛かる。やっぱり、何かが潜んでいたようだ。

先頭の馬が怯《ひる》んで勢いをなくすのを見るや否《いな》や、丘の向こうからいくつもの影《かげ》が躍《おど》り出てきた。兵士たちの顔が強張《こわば》り、慌てふためく。

「怯むなっ！　突撃《とつげき》っ‼」

対して近衛騎士は、突然現れた襲撃者《しゆうげきしや》に怯むことなく果敢《かかん》に叫《さけ》んだ。

「ウオオオオオオ――――――！！！！！」

気色ばんだ部下たちが呼応し、肌《はだ》を震《ふる》わせるほどの鬨《とき》の声が双方《そうほう》から上がる。

そして交戦が始まった。あちこちで鉄と鉄がぶつかりあう、剣《けん》の音が響《ひび》き渡った。戦況《せんきよう》は互角《ごかく》。数の上ではこちらが優位だったが、最初の一撃《いちげき》で馬の勢いが削《そ》がれ、手綱を握《にぎ》っている分だけ騎士たちは苦戦しているようだった。

馬の突進力《とつしん》を生かすために、騎士たちはなんとか距離を保とうとしたが、敵もさるもの、すかさず食いつかれ、無理を通せば弓を射かけられ、騎士たちは軒並《のきな》み苦しんでいた。

だからだろうか、中には馬から飛び降りて、地べたで応戦している者がちらほらいたが、どうやらそれが正解だった。数の上ではこちらが勝っているのだから、冷静に二対一に持ち込めば、必ず勝機がある。誰かが主張し、呼応した者が勇気を振り絞って馬から飛び降りる。

地に足をつけた彼らだけが、互角以上に戦ってるように見えた。恐《おそ》らく、自信があるから馬を捨てたのだろうし、それも必然だったのかも知れない。

中でも最も気を吐《は》いていたのは……。

「ブリジット⁉」

ほんわかした見た目からはとても信じられなかった。騎士たちの中で最も小柄《こがら》な彼女が、戦場で最も活躍していた。大柄《おおがら》な敵を複数相手にしながら、受けきるどころか逆に押《お》し返しているのである。

その繰《く》り出す剣の一振《ひとふ》りは目にも留《と》まらず、流れるような動きは水のようにしなやかである。

あれは何の冗談《じょうだん》だと呆気にとられ、棒立ちで観戦していたら、

「おいっ！　伏《ふ》せろ‼」

「ぶべっっっ……‼」

突然、エリオスに首根っこを掴《つか》まれて引き倒された。

「何しやがるっ！」

と抗議《こうぎ》しようとしたら、
ドスッ……ドスドスッ……。

と、目の前の地面に流れ矢が突き刺《さ》さるのが見え、背筋が凍《こお》った。

「ハイヨ――――‼」

エリオスは但馬を引き倒すと、その勢いのままバシッと自分の馬を叩《たた》いて手綱を放した。

恐らく空馬《からうま》を街まで走らせることで、味方に異常を知らせようという魂胆《こんたん》だろう。

その姿に触発《しょくはつ》されたのか、

パパパラッパパ――!!　パパパラッパパ――!!　パパパラッパパ――!!

いきなり耳元で、空気を切り裂《さ》く大音響が鳴り響いた。耳をつんざくようなキンキンとした痛みが走り、涙《なみだ》が溢《あふ》れ鼻水が出た。

見ればシモンが腰《こし》にぶら下げていた突撃ラッパを一心不乱に鳴らしている。

多分、近くの仲間に異常を知らせているのだろうが、その試みは敵にもすぐ察知されてしまったようだ。次の瞬間、あちこちからピュンピュンと音を立てて、次々と矢が打ち込まれてきた。

「うひゃー！　おたすけ――っっ!!」

ドスドスと矢が突き刺さり、但馬は慌てて這《は》いつくばった。地面に顔を埋《う》めていると、前方でパシッパシッと音がするから、おっかなびっくり顔を上げたら、エリオスが飛んでくる矢を素手《すで》で叩き落としていた。

こんなの演出でしかあり得ないと思っていたのに……なんなんだこのオッサンは？

呆れるやら、ドン引くやら、尊敬するやら、その見事な芸当を軽々とやってのける彼の周りを、クラリオンを吹《ふ》き鳴らしながらシモンが駆ける。こいつの肺活量もどうなってん

だと思っていたら、まもなく彼もラッパを捨てて弓矢で応戦し始めた。

こら、あかん……死んでしまう……。

まさか、目の前で大規模な戦闘《せんとう》が起こるとは夢にも思わず、但馬は腰が抜《ぬ》けてガクガクと震えていた。

自分にも何か出来ることがあれば……なんてことは夢にも思わなかった。

戦闘とは要するに殺し合いのことである。

人と人が一心不乱に殺し合う現場など、当たり前だが、生まれてこの方一度も見たことがない。そんな信じられない光景が、今目の前で繰り広げられているのだ。その恐怖《きょうふ》は筆《ひっ》舌《ぜっ》に尽くし難《がた》かった。

怖気《おじけ》づいた但馬は、もはやこんな場所には一秒たりとも居たくないと、震える体を必死に起こして、ほとんど本能のまま駆け出した。

「危ないっ!!」

しかし、ものの数歩も行かぬうちに地面に引き倒され、腰を強打し、もんどり打って倒れ込んだ但馬の顔に、
バシャッ……。

っと、何かが降りかかった。

恐る恐る、顔をあげると……いつの間に現れたのだろうか？　褐色《かっしょく》の毛深い男が、今にも但馬を斬《き》り殺さんと袈裟《けさぎ》斬りに剣を振りかぶる姿が見え、それをエリオスが素手で受け止めていた。

そのエリオスの手からはボタボタと、あり得ないくらい血が滴《したた》り落ちていて……。

何かが、自分の顔に乗っかってると思ってつまみ上げたら、それは切り落とされた彼の指だった。

「うわあああああああ――――――っっ！！！」

エリオスの腕《うで》の先で、今にも千切れ落ちてしまいそうな親指が、まだブラブラと揺《ゆ》れていた。

彼はそんな状態にも関わらず、なお但馬を狙《ねら》う敵の剣をガッシリと受け止めながら、お返しとばかりにメイスをブンッと振り下ろした。すると、

ドンッツッ!!

と、鈍《にぶ》い音が轟《とどろ》き、

ドサッ！

っと、切りかかってきた男が、まるで糸の切れた人形のように崩《くず》れ落ちた。

「ヒュー……ヒュゥゥ――――……」

腕がひしゃげ、体はおかしな方向に捻《ね》じ曲がり、下手な口笛みたいな呼吸を続けて、まるでトンボみたいに目玉がグルグル回っていた。

但馬はその姿を見て驚愕《きょうがく》した。

致命傷《ちめいしょう》とも思える、その傷に……ではない。

男の頭には猫《ねこ》の耳のような大きな房《ふさ》がついており、エリオスを睨《にら》みつけるその瞳孔《どうこう》も猫みたいに縦に開いていた。体つきは殆《ほとん》ど人間と同じだったが、腰からは何やら尻尾《しっぽ》みたいなものが伸《の》びていた。

もしかして、これが魔物……いや、亜人《あじん》か？

そんなことを考える間もなく、エリオスは再びメイスを振り上げると、グシャッ‼

……っと、まるでトマトでも潰《つぶ》すかのような気安さで、男の頭を潰してしまった。

たった今まで男の頭があった場所に、今は地面が見えている。

ついさっきまで男だった物体が、まるでカエルの解剖《かいぼう》実験みたいに、ビクビクと不気味に跳《は》ねていた。

シューシューと、化け物じみた荒《あら》い呼吸を繰り返しながら、エリオスがもの凄《すご》い形相で死者に蹴《け》りを入れ、地面に突き刺さったメイスを引き抜く。

全てを終えると彼は、

「大丈夫《だいじょうぶ》か？」

そう言いながら、腰を抜かして地面に転がる但馬に手を差し伸べてきた。但馬はまるで見えない力に押されているかのように後退《あとずさ》った。それを見て、エリオスは複雑そうに眉根《まゆね》を寄せた。

周辺は血の海と化し、脳髄《のうずい》やら目玉やら、髪《かみ》の房が張り付いたままの頭皮や、まだ歯のついた下あごやらが飛び散っていた。

多分、その光景をモニター越《ご》しに見たのなら、但馬は直前に食べたものを全部ぶちまけていたに違《ちが》いない。

しかし現実にそれを目《ま》の当たりにしてみれば、そんな余裕は全くなかった。寧《むし》ろ上半身より下半身のほうが緩《ゆる》んで、股間《こかん》が湿《しめ》っぽくなっていた。生存本能が頭の中でフル回転してるのに、その結果一歩も動けないという体《てい》たらくだった。

一体、今、自分がどんな表情をしているのか、但馬にはわからなかった。ただ、目の前で悲しそうな顔をしているオッサンを見て、想像するしかなかった。

何を恐れる？

但馬はゴクリと生唾《なまつば》を飲み込んだ。

この人は、自分を助けてくれた恩人じゃないか。そう言い聞かせ、ガクガク震える足をバシバシ叩いた。

「す、すみません……ひ、ひ、人が死ぬなんて、その、初めてで……」

「そうか、無事ならばそれでいい」

平静を装《よそお》う彼の姿に胸が痛んだ。ただ、どうしようもなく怖《こわ》いのだ。怖くて怖くて仕方なかったのだ。

「お、お、俺《おれ》のせいで……エリオッさん、ゆ、ゆ、指が……」

「ん？　ああ……なあに、こんなのは、唾《つば》をつけておけばその内生えてくるさ」

そんな但馬の心境を察してか、エリオスは必要以上に明るく振舞《ふるま》った。

但馬は決して他人の気持ちが分からないような愚《おろ》か者ではない。

だから、エリオスが但馬を心配させまいと、自分の体の欠損を冗談の種にしながらも、冷《ひ》や汗《あせ》を流し、痛みに堪《た》えていることは重々承知していた。

顔を上げれば、未だに丘陵《きゅうりょう》のあちこちで激戦が繰り広げられている。

弓を構えたシモンが、猛然《もうぜん》とダッシュしながら、息も絶え絶え矢を打ち続けている。

目の前に居るエリオスは満身創痍《まんしんそうい》だ。

……思えば、この事態を招いたのは誰だ？　それは但馬に他ならなかった。

もちろん、それは必要なことだった。彼らが探しているという姫様《ひめさま》に繋《つな》がることかも知れないし、街の近くに潜んでいた敵を炙《あぶ》り出す結果にも繋がった。だが、但馬が何も言わなければ、彼《かれ》らが傷つくこともなかっただろうし、自分は今頃《いまごろ》、安全な街へと辿《たど》り着いているはずだった。

なのに、自分は何をしている……？

諦《あきら》めるのは簡単だ。斜《しゃ》に構えていれば傷つく心配もないだろう。でも、少なくとも今はそんな気持ちは捨てるんだ。そんなんじゃ、命がいくらあっても足りないだろう。ゲームみたいな世界だと思って、どこか他人事のように思っていたが、生き残りたいなら、もっと足掻《あが》かねば。

但馬は覚悟《かくご》を決めると、大きく深呼吸を一つした。

「まつろわぬ神よ……」

腹が据《す》わった。

但馬はずっと開きっぱなしだったステータスウィンドウを見た。但馬波留。ＡＬＶ００１／ＨＰ１００／ＭＰ００１……これだ。

「虚無《きよむ》より生まれし星の御子《みこ》よ……」

時間経過のお陰《かげ》で、たった1だけ回復していたＭＰに目をつけた但馬は、咄嗟《とっさ》に魔法を使うことを思いついた。初めてのときは、その詠唱《えいしょう》の恥《は》ずかしさに尻込《しりご》みしたが、今は全然気にならなかった。

「荒ぶる御霊《みたま》を解き放ち……」

傍《かたわ》らで但馬を見守っていたエリオスが、目を血走らせて突然詠唱《とつぜんえいしょう》を始めた彼に気がつき、ギョッとして飛び退《の》くように距離を取った。

但馬は彼のそんな仕草に気づかず詠唱を続けていた。自分の姿を見るなんて、鏡でもない限り不可能だから、気づかなかったのだ。

元来、魔法使《まほうつか》いが詠唱を開始すると、術者の内と外から光が集い、煌《きら》めくオーラを放ち、その近辺の空間は歪《ゆが》み、あらゆる物理現象を遮断《しゃだん》するフィールドが形成される。

「闇《やみ》を払《はら》い、光を砕《くだ》き……」

その光を敵陣《てきじん》に見つけた者は、みな絶望するという。逆に、自陣《じじん》から上がれば、もの凄い歓声《かんせい》が沸《わ》くのだそうだ。

「漆黒《しっこく》の狭間《はざま》に理を打ちたてよ」

期せずして、メニューを弄《いじ》っていた但馬は、ボタンを押すつもりで、丘に向かって人指し指を突き立てていた。矢を放ちながら目撃《もくげき》したシモンには、それがまるで死の宣告のように見えたという。

「其は古《いにしえ》の暴君なり……駆け抜けろ甕星《みかぼし》!!　天より来たりて大地を穿《うが》てぇっっ

っ！！！！」

もしくはそれは予言であった。

彼の詠唱に応えるかのように、天より飛来した無数の礫《つぶて》が丘に降り注ぎ、大地を穿ち、砂を巻き上げ、あっという間に周囲を覆《おお》いつくす粉塵《ふんじん》となった。

こんな、たった200メートル足らずの距離だというのに、遅《おく》れてきた大音響が、

ドオオオオ――――――ンッッッ！！！！

と耳に届く頃《ころ》には、辺りはすっかり夜みたいに真っ暗になっていた。

開いていた口に土砂《どしゃ》が飛び込み、口の中がじゃりじゃりした。目に砂埃が入ってヒリヒリ痛み、前後不覚に陥《おちい》っていた。みんなの位置がまったく分からず、レーダーマップで確認すれば良いのだろうが、そんなことすら思いつかないほどパニックになっていた。

但馬は自分のやったことに仰天《ぎょうてん》した。

「……やべえ……」

というか、滅茶苦茶焦《めちゃくちゃあせ》った。

MP100の時と比べたら、それは取るに足らない規模ではあったが、それでも目の前で炸裂《さくれつ》した魔法は、目撃した者全てを心胆寒《しんたん》からしめるほどの威力《いりょく》があった。

しかし但馬はそれをコントロールする術を知らない。打ったら打ちっ放しだ。もしも、

あんなものが無差別に丘陵に降り注いでいたのだとしたら……最悪の事態が頭を過《よ》ぎる。

ブリジットは無事か⁉　あの近衛騎士もついでに無事か⁉

「お、おーい……みんな、生きてるかあ……？」

こわごわ但馬は呟《つぶや》いた。そんな小声じゃ、きっと誰にも届かないだろう。ぶっちゃけ、結果を知るのが怖くて仕方なかったのだ。

やがて、粉塵が晴れると、丘の上には全く無傷の騎士たちが現れた。彼らは突然の隕石《いんせき》の襲来《しゅうらい》に驚《おどろ》き、そしてたった今まで戦っていた相手が全員倒《たお》れていることに二度驚《おどろ》き、無傷の同僚《どうりょう》たちが同じように立ち尽《つ》くしている姿に三度驚いた。笑い話みたいだが、彼らの乗っていた馬も無傷なのである。

但馬は全員の無事を確認すると、深い溜《た》め息《いき》を吐いて、腰を抜かしてその場に倒れ込んだ。

そんな一見すると情けない彼の姿に、その場に居た全員が、釘付《くぎづ》けとなっていた。

＊＊＊

丘の上では近衛騎士たちが呆然《ぼうぜん》と立ち尽くしていた。幽鬼《ゆうき》のように真っ白い顔で、じっとこちらを凝視《ぎょうし》していた。ブリジットの奇異《きい》なものを見るような目が突き刺さった。誰一人《だれひとり》として動く者はなく、戦場は静まり返っていた。

どうして何も言ってくれないのだろうか？　あちこちから突き刺さる無数の視線のど真ん中で、但馬はすこぶる居心地《いごこち》が悪かった。

魔法を使ったのがそれほど意外だったのだろうか？　それとも、また何か間違《まちが》ったことでもしてしまったのだろうか？　誰も何も言ってくれないから、彼はどんどん不安になっていった。

今にして思えば、詠唱は完成さえすればいいのだから、あんな大声で叫ぶ必要はなかったかも知れない。口の中でモゴモゴと、小さく唱えれば済んだはずだ。

ところが、さっきの自分はノリノリだった！　駆け抜けろミカボシ！　言った！　言ったよ！　超叫《ちょうさけ》んでたっ!!　え？　うそ!?　ちょっとまって!?　もしかしてそれでみんなドン引きしてるとか？

あああぁ〜……だとしたら死にたい。死にたいよ〜！　もう死んでしまいたい……但馬がそんな古傷を抉《えぐ》られるような胸の痛みと動悸《どうき》と目眩《めまい》に悶絶《もんぜつ》している時だった。

「ふぅ〜〜……」

っと、突然、耳に息を吹きかけられて、彼は別の意味でまた悶絶した。

「うひゃあああああ〜〜〜うぅ！！！」

ゾクゾクと悪寒《おかん》が背筋を駆け上り、身震《みぶる》いしながら但馬が背後を振り返ると、そこにはいかにも小生意気そうな小学生くらいの少女がニヤニヤしながら立っていた。

チュニックワンピースの腰にはでっかいリボン、品のいいボレロを羽織り、腰には細身の剣を引きずるようにぶら下げていた。サイハイソックスとスカートの裾《すそ》の間に覗《のぞ》く絶対領域はなんとも魅力的《みりょくてき》だったが、しかし、その肌は病的に青白かった。

なんだこの渋谷《しぶや》とかで遊んでそうなガキは……但馬が首を傾《かし》げていると、

「なにやら騒《さわ》がしいので来てみれば、これはお主の仕業《しわざ》かのう？　ほほう、これはなかなか壮観《そうかん》じゃのう。あれだけの魔法を行使しておきながら、誰一人として死んでおらぬとは……敵にまで情けをかけるとは、見上げた心がけじゃのう」

「……え？　死んでない？」

「なんじゃ、気づいておらなんだか。自分でやっておきながら、おかしなやつじゃのう。その膨大《ぼうだい》な魔力《まりょく》のわりに、頭の方は空っぽなのじゃろうか」

少女はおかしな言葉を使い、呆《あき》れた素振りでそう言い放った。

その無礼な態度に一瞬《いっしゅん》むかっ腹を立てたが、すぐさま気を取り直すと、但馬はレーダーマップを確認《かくにん》してみた。

注意深く光点を確認してみると、それは立っている近衛騎士と、倒れている亜人の両方ともを示しているようだった。と、その時、我に返った騎士の一人が、暴走して地面に倒れている無抵抗《むていこう》の亜人に止《とど》めを刺した。慌てて周りの騎士が止めに入ったが、その瞬間、さっきまで表示されていた赤い点の一つが消えてしまった。

マップに死体は表示されないようである。当たり前といえば当たり前だが……なんとも胸糞《むなくそ》の悪いものを見せつけられたものである。

と、同時に、但馬は少し戸惑《とまど》ってもいた。

正直、隕石が飛来するのも奇跡《きせき》なら、誰も死ななかったのも奇跡に等しいだろう。こんなこと、自然には絶対に起こりっこない。言うまでもなく、高度で機械的な制御《せいぎょ》が必要だ。そんなことが自動で行われるなんて、やはりこの世界はゲームなのだろうか……？

「おや、そこの者、怪我《けが》をしておるな？　ほれ、こちらへ参れ」

そんな但馬のすぐそばで、エリオスがメイスを片手に呆然と佇《たたず》んでいた。少女は怪我に気づくと、屈託《くったく》のない口調で彼を招き寄せた。

エリオスは、突然どこからともなく現れたその少女に驚き、初めは警戒心《けいかいしん》を露《あらわ》にしてい

たが、冷静に考えてみれば、こんな小さな女の子を警戒《けいかい》するのもバカバカしいだろうと気を緩めた。

「はよう、何を怯《おび》えておるのじゃ」

彼女は小柄なブリジットと比べても、輪をかけて小柄で華奢《きゃしゃ》であり、ウエストなんかは風が吹いたらぽっきりと折れてしまいそうだった。おまけに、その双眸《そうぼう》は暗く濁《にご》っており、声をかけている相手を正面に見据《みす》えておらず、少し横を向いていた。

そういえば、動作もどこかぎこちない。多分、彼女は目が見えないのだろう。あれ？　じゃあ、どうしてエリオスの怪我に気づいたのだろうか……。

「君はどこの子供か。街から一人で来たのか？　危ないからもう帰りなさい」

戸惑う但馬をよそに、エリオスが尋《たず》ねる。少女はそれには答えず、彼に向かって手のひらを翳《かざ》し、まるで傷を探しているかのように上下に動かした。

「主よ　我は来たれと御声《おんこえ》を聞けり　ゴルゴダに流るる血にて清め給《たま》え　主よ我は来たれり　汝《なんじ》の下へ今来たれり　十字架《じゅうじか》の血にて清め給え　十字架の血にて清め給え」

そして彼女がブツブツと、念仏か何かを唱えるや否や、ポゥッとその手が光り出し、ホタルのような淡《あわ》い光がクルクルと渦《うず》を巻いてエリオスの傷口へと向かっていった。

但馬は仰天した。

その蛍光色《けいこうしょく》の光がエリオスの手全体を覆うと、突然、彼の失った指先がニョキニョキと、まるでビデオを逆再生したかのように生えてきたのである。

「すげえな……ただのヒーラーじゃねえぞ」

そのあり得ない光景をマジマジと見つめていたら、いつの間にかシモンが隣《となり》で感嘆《かんたん》の息を吐いていた。それは正真正銘《しょうしんしょうめい》の奇跡で、現代科学の理解の及《およ》ばない現象であった。

やがて、彼女が治療《ちりょう》を終えると、エリオスの手を覆っていた蛍光色は消え去り、辺りはなんとも言えない微妙《びみょう》な空気に包まれた。エリオスは礼を言おうとしているようだが、相手があまりにも小さすぎて、どう接していいか分からない感じである。頭を下げようとしたら、もう土下座するしかないくらいの身長差なのだ。

そんな巨漢《きょかん》がまごついていると、

「リリィ様っ!!」

突然、悲鳴のような声が響いて、ブリジットが遠くの方から一目散に駆け寄ってきた。その必死な形相と勢いが尋常《じんじょう》ではなかったので、但馬は逃《に》げるように道を譲《ゆず》った。

ブリジットは少女の前に躍《おど》り出るや否や、抱《だ》きつくかのような勢いで彼女の腕を掬《すく》い上げて膝《ひざ》をつき、恭《うやうや》しく顔を見上げながら言った。

「リリィ様っ！　居なくなられたと聞いて、心配しておりました。お怪我はございませんか？　あの者どもに、何もされませんでしたか？」

まるで過保護な母親みたいな姿に、但馬は唖然《あぜん》としてしまった。二人の関係がどんなものかは知らないが、ブリジットにとってその少女はとても大切な人のようである。

というより、様子からしてどうやらこの少女こそが、さっきから近衛騎士《きし》たちが探していた姫様に違いなかった。

お姫様……そう言われてみれば、高貴な顔立ちをしていなくもない。心なしか、その出で立ちも今は神々《こうごう》しくさえ見える。但馬がそんな風に評価を一変させていると、
パシッ！

っと、その少女がいきなりブリジットを平手打ちし、

「わきまえよ。余は天子であるぞ」

その声は、さっきまで但馬たちにかけていたものとは違って、冷たく、重々しいものだった。たった今、うなぎのぼりだった彼女の評価が、一瞬にして地に落ちた。まるで人が違ってしまったかのような豹変《ひょうへん》ぶりに、但馬は目を疑った。

「軍曹《ぐんそう》おおおぉぉおっっっっっ！！！」

と、今度は今にも人を殺しそうな、もの凄い怒声《どせい》が周囲に響き渡《わた》った。

近衛騎士のリーダーは、腰を抜かしているブリジットを乱暴に押しのけたかと思うと、

少女の前に平伏《へいふく》した。

　あれだけ偉《えら》そうだった態度はどこへやら。間もなく、他の騎士たちも続々と駆けつけ、少女を取り囲むように整列すると、一斉《いっせい》に膝をついて頭を垂れた。

「エトルリア皇女殿下《でんか》におかれましてはご機嫌麗《きげんうるわ》しく存じます。我《わ》が名はウルフ。リディア伯爵《はくしゃく》ハンスの孫にして、近衛軍団副隊長であります。まずは、我が部下の非礼をお詫《わ》び申し上げたい」

　ウルフと名乗る騎士のリーダーが、跪《ひざまず》いて臣下の礼を取ると、まるでこの世の終わりみたいな顔をして尻餅《しりもち》をついていたブリジットが我に返り、

「た、大変、失礼致《いた》しました。お許しを……」

　すぐさま、騎士《きし》たちの列の端《はし》っこに加わり、同じように膝をついて頭を垂れた。

　続いて、エリオスとシモンが慌《あわ》てふためき、バタバタと彼女の後ろに回って、同じように頭を下げた。まるで予期していなかったのであろう。よっぽど恐縮《きょうしゅく》してるのか、あの巨漢が今はまるで子供のように小さく見える。

　鎧《よろい》をまとった騎士たちが、一斉に臣下の礼を取る様は、まるで映画のワンシーンのようだった。セピアの写真にでも切り取ってしまいたくなる光景だ。

　そんな光景を、但馬がぽかんと口を半開きにしてアホ面晒《づらさら》して眺《なが》めていたら……。

ジロリ……。

と、視線だけで人を殺せそうな眼光をウルフが投げかけてきた。めちゃくちゃ怖い。

何故《なぜ》、そんな目で見られなきゃいけないのだろうか……と、はじめは分からなかったが、それもそのはず、気がつけばその場で突《つ》っ立っているのはお姫様を除けば但馬一人だけだった。

これはあれか、頭《ず》が高いという奴《やつ》か。真似《まね》をすればいいというのはすぐ分かったが、一度タイミングを逸《いっ》してしまうと、何だかやたらとこっ恥ずかしかった。何しろ相手は、見た目だけなら渋谷の小学生でしかないのだ。円山《まるやま》町とかにいそうな感じなのだ。頭を下げるのは、そう、イメクラみたいで精神的にきつかった。

躊躇《ちゅうちょ》してると、ちらりちらりと他の騎士たちからも、空気を読めよといった視線を浴びせかけられる。

なんだか釈然《しゃくぜん》としない……そもそも、但馬はこの国の住人というわけでもないのだから、出会ったばかりの小学生女児に頭を下げる必要なんてないではないか。大体、こいつらはさっきのあれを見ておきながら、よくもそんな態度でいられるものである。もしも但馬の気が変わって魔法《まほう》をぶっ放したら、どうするつもりなのだろうか。立場をわきまえろ。いいぜ、やってやるよ、おまえらが火をつけたんだ……。

但馬は右のコメカミを叩いてメニュー画面を開き……。

しかしMPは0である。

「はっはあ〜〜〜‼　お姫様におかれましては本日はお日柄《ひがら》も良くぅ〜〜‼」

「よいよい。面を上げよ」

但馬が這いつくばるのを待ってから、姫《ひめ》は愉快《ゆかい》そうにウルフの方へ向き直った。

「して、この騒ぎはなんなのじゃ？」

あんたがそれを言うのかよ……といった空気が蔓延《まんえん》する中、ウルフはそんな不満をおくびにも出さずに流れるように報告した。

「畏《おそ》れながら申し上げます。つい先ごろ、貴国侍女《じじょ》長より殿下の捜索《そうさく》の下知を賜《たまわ》り御身《おんみ》をお探ししておりましたところ、かの丘《おか》にて敵国人らしき不審《ふしん》な集団を発見、交戦となり、たった今撃退《げきたい》したところであります」

丘では残りの騎士たちが、亜人をふんじばっていた。詳《くわ》しいことはまだ分からないが、恐らくこいつらが彼女《かのじょ》を拉致《らち》しようと目論《もくろ》んでいたのは間違いないだろう。

だというのに、姫様はまるで危機感のない口調で、気もそぞろに言うのであった。

「左様か。それは大儀《たいぎ》であったな」

「畏れながら、二点質問がございます」

「申してみよ」

「はっ！　先ほど我々が交戦した勢力、亜人の間者のようでしたが、我々はかの者たちが殿下を拐《かどわ》かしたのではと考えていたのでありますが、違いましたでしょうか」

「ふむ……なるほど。お主らは、余がかの者たちに捕《つか》まったと思っておったのか。馬鹿じゃのう……余があのような者に後れを取るわけがあるまいに」

「なにぶん、侍女長殿《どの》は大変動揺《どうよう》していたご様子。もう一点、伴も連れず、書置きもせずに、こうして街の外へ一人でいらしていたのは何故でしょうか。失礼ながら、些《いささ》か不用心が過ぎるのではありませんか」

「う、むむぅ……お主の言うことも尤《もっと》もじゃが、しかし、一人ではなかったのじゃ」

「……と、申しますと？」

「今朝方、街が騒がしいので港まで歩いて行くと、なにやら謎《なぞ》の発光現象の話題で持ちきりでのう」

但馬はギクリとした。

「どれ、リズも呼んで物見遊山に出かけようかと思ったところに、たまたま出入りの仕立て屋がやってきたので、丁度いいとばかりに、そやつを供に連れて街を出たのじゃが……ふむ、今にして思えば、この男の様子はずっとおかしかった。疲《つか》れたから休もうと何度も言うたのじゃが、聞きわけが悪く、やたらと先を急《せ》いて、あまりに無粋《ぶすい》なのでな……ほれ、そこに転がしておいた」

姫が海岸のほうを指差すと、居ても立ってもいられないといった感じのブリジットが、いきり立って腰を上げた。

「まあ待て、何か事情があるやも知れん。殺すでないぞ」

「御意《ぎょい》」

彼女が駆《か》けていくと、ウルフは、はぁ～っと溜め息を吐き、

「どうやら、誘拐未遂《ゆうかいみすい》……といったところですか」

「そのようじゃの。勘違《かんちが》いとはいえ、お主らには迷惑《めいわく》をかけた、礼を言おう」

「もったいなきお言葉」

定型句に文句を言うのもなんであるが、特にもったいないお言葉はかけられていない。

しかし、騎士たちはそれで安堵《あんど》したらしく、方々で緊張《きんちょう》感から解放されたといった感じのため息が漏《も》れていた。

まあ、それはそれで結構だが、こっちはいつまで土下座していればいいのだろうか……。

「時に、その方……なかなか面妖《めんよう》な魔法を使っておったな。名はなんと申すのじゃ？」

と、その時、安堵する騎士たちの向こう側から、姫様が但馬に声を掛《か》けてきた。その指

先は、正確に但馬の顔を指している。但馬はここまで、一言も口を開いていない。なのに、この少女はどうやって位置を把握《はあく》してるのだろうか。本当は目が見えてるんじゃないのか……？

面妖なのは、そっちの方だと思いつつ、

「俺っすか？　俺の名前は……」

但馬が自分の名前を口にしようとすると、その場に居た騎士達の目が、一斉に彼に集中した。

姫様が出てきたドサクサに紛《まぎ》れてしまっていたが、ぶっちゃけ彼らからしてみれば、今は姫よりも何よりも、本当はずっと但馬のことが気になっていたのだ。何しろ、一般庶民《いっぱんしょみん》かと思っていたら魔法使いで、更《さら》には苦戦していた相手を一瞬で無力化した謎の人物である。

しかし、当の本人はそんなことは露《つゆ》とも知らずに、

「俺の名前は但馬波留《はる》。タージマハールじゃないよ？　インドとか言うんじゃねえ！　なーんちゃって……って、誰《だれ》も突っ込《こ》んでくれないのか、とほほ。ああー、いや、こっちの話です。どうもどうも。今後ともよろしく」

それは但馬にとってみれば、初対面の相手に必ずやる極寒《ごっさむ》テンプレネタでしかなかった。

大抵《たいてい》、これをやると場が和《なご》んで、その後の会話がしやすくなるのだ。

ところが、その時は何故かどよめきが起き、話しやすくなるどころか、場の空気が一変してしまった。

ウルフを含《ふく》めた数人は、眉根を寄せて、怒《いか》りを隠《かく》そうともせずに但馬を睨みつけた。まるで侮辱《ぶじょく》するなと言わんばかりの形相である。

エリオスを含めた数人は、だめだこりゃといった感じに肩《かた》を竦《すく》めて、深い深い溜め息を吐いた。身に覚えがある。あれは可哀相《かわいそう》な人間を見る者の目だ。

なんだなんだ？　一体全体どうしたというのだろうか。滑《すべ》るのは慣れていたけれども、こんな反応は初めてだった。

「く……くははは」

但馬が動揺していると、突然《とつぜん》、姫様が笑い出し、

「ぶはははははははは！！！」

その笑いにつられたのか、シモンまでもが腹を抱《かか》えて笑い出した。姫様の前で、それはとんでもなく不敬であったろう。しかし誰もが呆れたように首を振《ふ》るだけで、彼を咎《とが》めようとはしなかった。

なんだか、もの凄く馬鹿にされてる気がする。但馬が憮然《ぶぜん》としていると……。

「お、おまえ……そこまでして勇者様になりきらんでも……くっくっく」

シモンが但馬の肩に手を回し、息も絶え絶えそう言ってきた。

「勇者……様？」

どういうことだろう……と戸惑っていると、一頻《ひとしき》り笑い終えた姫様が、目尻《めじり》の涙を拭《ぬぐ》いながら、

「そうかそうか……では勇者よ。機会があればまた会おう。騎士たちよ、余は街に帰るぞ、ついてまいれ」

但馬に憤《いきどお》っていた騎士たちが彼女の後につき従い、彼に対して呆れていた者たちが後に残った。

彼らがどうして急に怒り出したのかは、さっぱり分からなかった。しかし、この扱《あつか》いはちょっとあんまりなんじゃないのか？

未《いま》だに理由が分からない但馬は、ムスッとしながら、その切っ掛けを作った姫様の背中を睨みつけた。もしかしたら、また何か無礼を働いてしまったのかも知れないが、さっき助けてやったというのに、騎士たちのこの態度も許せなかった。

但馬は立ち去る姫様を目で追いかけつつ、左のコメカミを叩《たた》いた。せめて何か情報を得て、あとで仕返ししてやろうと思ったのだが……

『Lily_Prospector.Female.Human, 144, 32, Age.13, 74AA, 52, 75, Alv.99, HP.58, MP.813, Blindness.Illness.Sickness.Poison.Fatigue.Status_Abnormal_Caution,,,,, Class.Princess_of_Etruria, Etrurian,,,,,Magic.lv99, Fastcast.lv99, Imagination.lv99, Unique.Artifact.Proprietary.lv99, Cortana.Equipment.lv99,,,,,』

「……へ？」

名前とか、身体的特徴《とくちょう》とか、ほんのちょっとしたことが分かればいい……その程度のつもりだった。

しかし、出てきた溢れんばかりの情報の海に、彼は困惑《こんわく》した。その状態異常の多さもさることながら、彼女の所持するスキルのレベルは軒並《のきな》み９９なのだ。まるで測ったかのように、すべてが９９で止まっているのは、つまりそこでカンストだということだろう。この数字は一体……？

気のせいだろうか。その時、姫が首だけ振り返って、ニヤリと口元をゆがめた気がした。

屈強《くっきょう》な騎士たちを従えて、颯爽《さっそう》と風を切って歩く姿はとても盲目《もうもく》とは思えなかった。しっかりとした力強い足取りで、彼女の姿は小さくなっていく。但馬はその後ろ姿を呆然と見送ることしか出来なかった。

一章　1・かつて勇者のいた国の

お供の騎士たちを引き連れて姫様が去ったあと、但馬《たじま》はなんで彼らが急に怒り出したのか、その理由を知った。

「え？　勇者ってタジマ・ハルって名前だったの？？」

「そうだよ。おまえ、どんだけ勇者様になりきってんだよ」

シモンは呆れた素振《そぶ》りで肩を竦めた。

驚いたことに、かつてこの地にいたという勇者は、但馬と同姓《どうせい》同名だったらしい。それがどういうことなのかはひとまず置いておいて、あの場面で姫様に誰何《すいか》された但馬が勇者の名前を口にしたのは、現代風に例えて言えば、

「オッス！　オラ、ヨハネパウロⅡ世。聖下って呼んでくれよな！」

と、エリザベス女王に向かって挨拶《あいさつ》したようなものであり、騎士たちからすれば勇者の名を騙《かた》るとんでもなく不敬な輩《やから》に見えただろうし、姫様は冗談《じょうだん》だと思ってゲラゲラ笑ったというわけである。

しかし本名は変えようもないので、但馬は誤解を解こうと残った騎士たちに説明してまわったのだが、ブリジットはおろか、エリオスさえも信じちゃくれなかった。

戦闘《せんとう》で犠牲《ぎせい》になった死体を処理し、捕虜《ほりょ》をふん縛《じば》って、その後但馬も一緒《いっしょ》に駐屯地《ちゅうとんち》まで連れて行かれたのだが、今朝の発光現象や亜人について証言する際も、何度も名前を聞かれて、その度に嘘《うそ》つき呼ばわりされて辟易《へきえき》した。

まあ、大抵の者は最終的には折れ、

「同姓同名ってこともあり得るかなあ……」

と受け入れてくれたのだが、最後の最後に、彼の証言を記録するためにやってきた書記官の男があまりにもしつこかったので、つい口論となり、正直に答えるまでそこで反省してろと、駐屯地の営倉にぶち込まれてしまった。

営倉って……。

「普通《ふつう》、一般庶民にそこまでやるかあ？」

憮然としながら硬《かた》いベッドにごろりと寝《ね》そべり、知らない天井《てんじょう》を見上げながらため息をつく。

この異常事態に巻き込まれてから、ようやく人の気配がする建物にたどり着けたというのに、そこが鉄格子《てつごうし》の中だなんて何の冗談なのだろうか。ともあれ、考えねばならないことは山積していた。ある意味、安全な場所で一人きりになれたのはラッキーと思うことにしよう。

真っ先に考えなきゃならないことは二つ。この世界がどこなのかということと、どうやったら元の世界に帰れるかということだ。

月が二つある時点で、地球でないことは確かだが、どこかと言われても皆目見当《かいもく》がつかない。月が二つあるから火星、なんてこともないだろう。そもそも、自分はどうやってこの世界にやってきたのかすら定かでない。バイト先でソシャゲをしてたら、いつの間にかここにいたのだから、もしかするとバイト先のイタズラなんてことも……あるとは思えなかった。

何しろこれだけリアルな世界だ。ＶＲなりメタバースなり、こんな世界を作れる技術があるなら、今まで知られてないのはおかしすぎる。だからまあ、現実路線はもうあまり考えないほうが良いだろう。

じゃあ、この世界は何なのか？　と言えば、ありそうなのはゲームや物語の中の世界……だろうか。信じられないが、自分にしか見えないステータスウィンドウや、魔法の存在がそれを裏付けている。しかし、ゲームならログアウト出来ても良さそうなものだが、メニュー画面にログアウトボタンは見つからず、元の世界に戻《もど》る方法は今のところさっぱりわからなかった。

一応、手掛《てが》かりっぽいものはある。シモンの話では、ここ最近、勇者教なるおかしな教義を掲《かか》げる連中が、海岸で目撃されていたということだ。その様子からして、イルカと話をしていたのではなかろうか。もしかすると自分と同じように、バイト先から飛ばされてきた人達《たち》なのかも知れない。今後はそういう人がいると仮定して、行動を起こすのも悪くないだろう。

後は勇者のことも気になった。ここがゲームの世界なら、勇者という存在自体が特別であるのは言うまでもない。それがどうして自分と同姓同名なのか気になるところだが、しかし本人に聞きたくとも、もう死んじゃったらしいので、どうしようもなかった。しかも、暗殺というのは気がかりだ。

シモンの話では、勇者は北へと向かったらしいが……そこへ行けばなにか見つかるだろうか？　とは言え、移動するには路銀が足りない。まずは先立つ物が必要である。ところで……。

「いつまでこんなとこに閉《と》じ込められてなきゃいけないんだ？」

後どのくらいあれば、駐屯地ごと消し炭に変えてやれるだろうかと考えながら、まんじりともせずＭＰ回復を待っていると、ブリジットが書状を携《たずさ》えふらりとやってきた。

「本邦《ほんぽう》は大恩あるタジマ・ハル殿に対する貴国の不当な拘束《こうそく》に抗議《こうぎ》し、深く憂慮《ゆうりよ》すると共に遺憾《いかん》の意を表す。エトルリア皇国皇女リリィ・プロスペクター」

それを読み上げると、血相を変えて書記官が飛んできて、営倉の鍵《かぎ》をマッハで開け放った。

礼を言うつもりはないぞと、憮然としたままその横を通り過ぎ、ブリジットと共に外に出る。

気がつけば既《すで》に日は傾《かたむ》き、夜空には二つの月が昇《のぼ》っていた。どうやら、朝が夜に変わってしまうくらい拘束されていたらしい。その事実には腹も立ったが、情報提供に対する謝礼と共に、リディア王から見舞金《みまいきん》が出ていると告げられ溜飲《りゅういん》を下げる。

ところで、銀貨十枚とはおいくら万円なのかしら？　北の大陸まで行けるのかしら？　ブリジットに聞いても、今朝の焼き直しをされそうで気が進まなかった。まあ、行政の金《きん》一封《いっぷう》なんて大した額じゃないだろう。但馬はぞんざいに銀貨をポケットに突っ込んだ。

日は暮れていたが、街灯もないのに辺りは妙《みょう》に明るかった。二つ月があるお陰のようだ。駐屯地の外に目をやれば、月に照らされたトウモロコシ畑が風になびいて、まるで金の絨《じゅう》毯《たん》みたいだった。

小高い丘の上に建てられた駐屯地の麓《ふもと》には川が流れており、その川を挟《はさ》んで向こう側には立派な城壁《じょうへき》で囲まれた街並みが見えた。延々と続く城壁は地平線の向こうまで続いており、10キロどころか20キロ以上あるように見える。

大したもののようだが、どうやって作ったんだと、眉間《みけん》にシワを寄せて眺めていたら、

「よう勇者様。お勤めご苦労さん」

「誰が勇者だ、バカにすんなよ」

駐屯地の入り口に差し掛かったら、シモンが軽口を叩きながら近づいてきた。横には巨漢のエリオスも見える。

「街に帰るんだろ？　送ってくぜ。遠慮《えんりょ》すんなよ、それが今日の最後の任務なんだ」

無論、街に『帰る』という意識は無かった。初めて訪問すると行ったほうが正しいのだ。今夜の寝床《ねどこ》を確保するためにも案内が必要だったし、せっかくだからその申し出を受けることにした。

「そりゃ丁度良かった。なあ、シモン、どっか上手《うま》い酒が飲める店知らないか？」

「酒？」

「ああ、奢《おご》るからよ」

というわけで、こいつを気持ち良く酔《よ》っ払《ぱら》わせて色々聞き出そうと、先ほど貰《もら》った銀貨をチラ見せすると、

「なんだ。じゃあPX行こうぜ」

「ぴぃえっくす？」

いきなりそんな単語が出てきて面食《めんく》らった。まごついていると、シモンは勝手に駐屯地の中へと戻っていってしまった。ブリジットとエリオスの二人が黙《だま》って彼《かれ》の後に続く。ところで君たち。君たちの分まで奢るとは言っていないぞ？

いくつかの建物を縫《ぬ》うように通り過ぎ、ちょっとした運動場くらいの広場にたどり着くと、そこには一際《ひときわ》にぎやかな建物があった。

PXとはPost eXchangeの略で酒保のことである。

かつて戦場において兵站《へいたん》は、それぞれの部隊が自前で用意するのが常だった。兵士たちは貰った給金で食べ物を買うか、それで足りなきゃ略奪《りゃくだつ》したわけだが、そんなことを続けていては彼らの通った後にはぺんぺん草も生えないだろうし、後々の占領《せんりょう》政策に悪影響《あくえいきょう》である。なので、近代になるにつれて、軍が兵站をガチガチに管理するようになっていったわけだが、その配給所を酒保と呼んだのだ。

ところで、PXとはもともと日本の米軍基地内の売店が由来の言葉であり、それを真似た陸上自衛隊くらいでしか使われない呼称《こしょう》であった。それなのに、なんでそんな言葉が飛び出してきたのかと言えば、

「それじゃあ、このＰＸってのは、勇者が名付けたの？」

「ああ、そうらしいぜ。勇者と言えば、この食堂には彼ゆかりのメニューがあってさ……」

シモンが得意げに語り、そして出てきたのはミートボールスパゲッティだった。大皿の上に大量のミートボールとパスタが盛られ、取り皿は使わずに直接みんなで奪《うば》い合うようにして食べるのが『勇者流』なのだそうだ。

それはいつか映画の中で見たことがある。

これではっきりした。どうやらかつてこの地に居たという勇者は日本人、しかも現代人で間違いないだろう。彼は現代人の知識を総動員して、この地にリディアという国を建国し、そして北へと旅立っていったのだ。

彼も但馬と同じく、ゲームの世界に迷《まよ》い込んでしまった人なのだろうか。どうして同姓同名なのだろうか。

普通に考えれば偶然《ぐうぜん》の一致《いっち》でしかないはずだが、こうも状況《じょうきょう》が特殊《とくしゅ》では、何か裏があると疑わざるを得ない。例えば、薬かなにか科学的な力で記憶《きおく》が消されているとか、ファンタジーらしく魔法の力で忘れているとか、勇者とは失敗した過去の自分というパラレルワールド設定もありうる……そういった可能性だって否定できない。

しかし結局、但馬には何の覚えもないのだから、今はそんなことを気にしたって仕方ないだろう。優先すべきは世界の秘密なんかじゃなく、元の世界に戻る方法を見つけることだ。そのために今、何が出来るだろうか？

そういえば、この世界に来てから、目の前のこいつらに遭遇《そうぐう》するまで、イルカ相手にいかにもゲームっぽい『実績解除』なるものをやっていたはずだ。切羽詰《せっぱつ》まってチュートリアルを途中《とちゅう》で終えてしまったが、あのキャラクターをまた呼び出すことは出来ないだろうか……。

しかし、メニュー画面をいくら探しても、それらしきものは見つからなかった。

「お？　それってリリィ銀貨じゃん。珍《めずら》しいもん持ってんな」

注文を待つ間、テーブルの上で銀貨を転がしていると、シモンが引ったくるようにしてそれを目の高さまで持ち上げ、マジマジと見はじめた。

但馬は奪い返すと、

「リリィって……あの小学生のことか。あれ、この国のお偉いさんだったんだなあ」

「おいおい、リリィ様はエトルリアの皇女であって、この国の王族じゃないぞ。おまえ、いくらなんでも非常識すぎないか？」

もちろん知ったこっちゃない。

リリィ銀貨とは、彼女の成人を祝して、属国であるここリディアが発行した記念硬貨《こうか》らしい。記念硬貨らしく発行数が少なくて、流通も限定的だ。簡単に言えば二千円札みたいなものだろうか。十三歳《さい》で成人と聞いてびっくりしたが、江戸《えど》時代の日本も確かそうだったし、案外そんなもんなのかも知れないと納得《なっとく》する。

ところで、エトルリアとは大昔の国《くに》の名前じゃなかったか？　確かローマ帝国《ていこく》が滅《ほろ》ぼした北イタリアの国である。ブリタニアといい、この世界では地球由来の地名をつけるのが流《は》行《や》っているのだろうか。

因《ちな》みに、どうして他所の国のお姫様《ひめさま》がいるのかと言えば、

「もうじきクリスマスだろう？　クリスマス休戦の調印のために、わざわざ来てくださったんだよ」

「クリスマス休戦⁉　キリスト教徒じゃあるまいし、なんでそんな……って、キリスト教あるのかよ？」

「キリスト教は我が国の国教ですよ」

シモンの代わりにブリジットが答える。思い返せば、エリオスを治療する時、あの姫様はゴルゴダの丘がうんたらかんたら言っていた気がする。多分、魔法の詠唱《えいしょう》だったんだろうが……但馬が神道《しんとう》由来なら、彼女はキリスト教由来ということだろうか？

そういえば……ソシャゲのキャラクリをやってた時、宗教の項目《こうもく》があって面食らった記憶がある。あれも何か関係あるのだろうか？　この世界が本当にゲームの中ならありそうだが……。

「今日の襲撃《しゅうげき》は、もしかするとそのクリスマス休戦を阻止《そし》するために、メディアが放った刺客《しかく》だったのかも知れませんね」

　ブリジットはため息交じりにそう呟《つぶや》いた。メディアというのが、この国リディアの敵国の名称《めいしょう》のようだ。リディアもメディアも、どちらもやっぱり大昔の国名だった気がする。こうして意識してみると、地球由来のものが色々見つかるのはいかにも示唆的《しさてき》だ。

　ところで、姫様で思い出したが、例のＡＬＶという数値だ。確か最後にステータスをチラ見した時、彼女のＡＬＶは９９だった。いや、それどころか、あらゆる数値が軒並みカンストしていて驚《おどろ》いたのだが……。

　そう思って、左のコメカミを叩いて、ブリジットをちらっと盗《ぬす》み見る。

『Bridget_Gaelic.Female.Human, 152, 48, Age.17, 92G, 59, 88, Alv.9, HP.174, MP.18, None.Status_Normal,,,,, Class.Sergeant, Cadet.Lydian_Army, Lydian,,,,, Sword.lv11, Healing.lv5, Cast.lv5, Equestrian.lv7, Command.lv5, Unique.Artifact.Proprientary.lv1, Claiomh_Solais.Equipment.lv1,,,,,』

「およ?」
すると……あまり期待していなかったのだが、表示されたブリジットのALVは0ではなかった。エリオスとシモン……ついでに、このPXにいる他の兵士たちも軽く調べてみたのだが、彼女以外は軒並み0だったのに、この違《ちが》いは何なんだろうか?
更によく見れば、ヒーリングレベル5とあるから、彼女もリリィと同じくヒーラーらしい。ヒーラーはALVが高いとか? もしくはMPも0じゃないから、魔法が関係する数値なのだろうか。
但馬は今度は右のコメカミを叩いて、自分のステータスを表示した。
『但馬 波留《はる》
ALV003/HP105/MP008
出身地:千葉・日本 血液型:ABO
身長:177 体重:62 年齢《ねんれい》:19
所持金:銀10……』
営倉に入れられてる最中に気づいたのだが、実はALVとHPが上がっていた。MPは自然回復に任せるしかないから低いままだが、多分、上限が上がっていることだろう。敵を倒《たお》したからレベルが上がったのかな? とも思ったが、そしたらエリオスたちも上がってなきゃおかしいから、そう簡単な話じゃないらしい。

本当に、この数値はなんなんだ……？　と、シモンに勧《すす》められるがまま酒をちびちびやっている時だった。

「あの……さっきから、あまり見ないで欲《ほ》しいんですけど……」

少し棘《とげ》のある声がかかった。

見れば、ブリジットが天空×字《ぺけ》拳《けん》みたいに腕《うで》をクロスしていた。ちょっと怒《おこ》ってる気もする。なんでだろう？　と思って、はたと気づいた。いつの間にやら、ステータスを見ているつもりで、但馬は彼女の胸をガン見していたようだった。

当たり前だが駐屯地内では、初めて出会った時のような胸甲《きょうこう》をつけているわけもなく、いま彼女は薄手《うすで》のコットンシャツを着ていた。そしてネームタグ代わりにロザリオを首からぶら下げた彼女の胸には今、成熟したスイカップがたわわに実り、望郷の山並みを思わせるような、実に魅力的《みりょくてき》な陰影《いんえい》が強調されていた。さぞかし、世の男性の目を釘付《くぎづ》けにしてきたことだろう。

しかし、但馬も紳士《しんし》の端くれ、女性の胸はこよなく愛するが、それを気取られるような愚《ぐ》を犯《おか》すわけがなかった。おっぱいとは、庭の梅の木にやってきたホトトギスを、そっと愛《め》でるような楽しみ方をするべきであり、ガン見して、女性の嫌《いや》がる姿を喜ぶのは邪道《じゃどう》で

あると言わざるを得ない。大体、但馬は貧乳党《ひんにゅう》だ、こんなGカップごとき脂肪《しぼう》の塊《かたまり》には、毛ほども興味がないのだから、言うまでもなくそれは彼女の勘違いなのであるが、こういった場面では圧倒的《あっとうてき》に男の方が立場が弱いので、ここは逆らわずに素直《すなお》に謝罪した方が賢明《けんめい》だろう。まあ、釈然とはしないのだけど。

そう思い、但馬が弁解の声を上げようとした時だった。

「ごめんごめん。ちょっと考え事してて……って、ん？」

その時、但馬は自分の思考の中に強烈《きょうれつ》な違和感《いわかん》を覚えた。

なんで自分は今、彼女の胸をGカップだと断言してしまったんだろうか？

確かに但馬はこれまで様々な女性のおっぱいを観察してきたおっぱいソムリエだ。しかし、その知識は丘の低い方へ低い方へと傾いており、ブリジットのようなデカいことしか取り得のないブツに関しては無知と言わざるを得なかった。具体的には、但馬はAカップとBカップとCカップの違いを一目見ただけで判別できるが、FカップとGカップとHカップの区別はつかない。なのに今、但馬はブリジットの乳をGカップと判断した。

何故だ!!

但馬は頭を抱えた。まさか、この世界に来た衝撃《しょうげき》で、自分の嗜好《しこう》が変わったとでもいうのだろうか。考えても見れば、あのバイト先の待合室から、この世界に来るまでの間に、何が起こったのかはまだ何も分かっていないのだ。もしかしたら覚えていないだけで、巨乳《きょにゅう》が好きになるように脳みそを改造されている可能性だってありうる。なんて恐《おそ》ろしいことをするのだろうか……。

但馬が絶望に駆られて真っ青な顔をしていると、

「あ、あの……私、そんなに気にしてませんし……」

言い過ぎたかなと、困惑しきりにブリジットが擁護《ようご》してきた。

当たり前だ。そんな９２Ｇなんて下品な肉塊《にっかい》、誰も見ちゃいないのだから。青木さやか、おまえは……思えば、おっぱい関連で怒り出すのは、いつも巨乳だ。満員電車の限られたスペースで無駄《むだ》に場所を取り、不愉快《ふゆかい》なものを自分から押《お》し付けておきながら、何故か自分が正しいと言わんばかりに睨《にら》んでくる。わけが分からない。それに比べてちっぱいは、その胸同様控《ひか》えめで奥《おく》ゆかしい。人間として、明らかに後者が優《すぐ》れていると言わざるを得ないだろう。そう考えると段々腹も立ってきた。おまえはもう黙ってズッキーニでも挟んでろよ……。

と、イライラしている時……但馬は自分の言葉にまた違和感を覚えた。

あれ？　９２Ｇ？　今度は９２Ｇだなんて具体的な数字が、なんで思《おも》い浮《う》かんだんだろうか？

ハッとして、すかさず左のコメカミを叩く。

『Bridget_Gaelic.Female.Human, 152, 48, Age.17, 92G, 59, 88, Alv.9, HP.174, MP.18, None. Status_Normal,,,, Class.Sergeant, Cadet.Lydian_Army, Lydian,,,, Swordlv11, Healing.lv5, Cast.lv5, Equestrian.lv7, Command.lv5, Unique.Artifact.Proprientary.lv1, Claiomh_Solais. Equipment.lv1,,,,,』

「こ、これだああああ！！！！！」

「ひっ⁉」

突如《とつじょ》、奇声《きせい》を発して立ち上がった但馬に、ＰＸ中の視線が突き刺《さ》さった。

すぐに酔っ払いの奇行《きこう》と判断され、何事もなかったかのように無視された。

「どうしたどうした？」

赤ら顔のシモンがとろんとした目で質問し、エリオスは黙々《もくもく》と酒をあおっている。どうでもいいが、このオッサン、ここに来てから一言も喋《しゃべ》っていないのではないか。

ともあれ、９２Ｇの正体はこれだ。

鑑定魔法《かんていまほう》で他人のステータスを表示すると、最初のほうに謎の数字が並んでいるのには気づいていた。Ageは年齢だろうと分かったが、他はさっぱり分からなかったし、ＡＬＶやＨＰＭＰのほうが目立っていたので、あまり気にしていなかった。

しかし、今にして思えばこの『152,48』という数字は、身長と体重ではなかろうか？　試《ため》しにシモンとエリオスを確認《かくにん》してみると、それぞれ『181,75』『206,114』とあり、ぱっと見た感じでも間違《まちが》いなさそうである。

そしてその後に続くのが、『92G,59,88』。これはもう、間違いない。スリーサイズだ。それもグラビア表記である。

説明しよう。グラビア表記とは日本のグラビアアイドルに付けられた記号でありタグであり、ファンタジーである。アイドルのスリーサイズとされているが、現実にその数字が正しいことはないらしい。というのも、女性だって男性と同じで、自分のスリーサイズなんぞまず把握していないし、人間なのだから朝と晩でサイズが変わるのは当然であり、飯を食えば腹も膨《ふく》れるし、あんなに瑞々《みずみず》しい肌《はだ》をしたグラドルたちが、断食明《だんじきあ》けみたいな数字なわけがないのである。

つまり、その数字は男性の妄想《もうそう》を掻《か》きたてるためだけに付けられた記号に過ぎず、オナニーのための道具でしかないのだ。男性たちがグラビアを見てニヤニヤしているのを、あんな数字嘘なのにねえ～……っと、女性たちはニヤニヤして見ているのだ。

因みに、現実の女性の目に触《ふ》れる物には『９２Ｇ』などという、トップとカップを並べる表記は使われておらず、『Ｇ６７』のようにカップとアンダーバストの組み合わせで表記されているらしい。

「やっぱりこれ、ゲームだわ。しかも男が作ったシステムだ。ぎゃははは‼」

但馬はその事実に行き着くと、この世界の秘密が解けたと言わんばかりに手を叩いて快哉《かいさい》をあげた。その豹変《ひょうへん》ぶりに、シモンとブリジットは目をぱちくりさせながらも、とにかく暴れる彼を座《すわ》らせようとして羽交《はが》い締《じ》めにして引っ張った。

すると……。

「きゅ～……」

但馬は情けない声をあげて、そのままぶっ倒れてしまった。ずり落ちる彼を誰も受け止めることが出来ず、顔面から地面に突《つ》っ込んでいく。床《ゆか》にほっぺたを押し付けて、目を回している但馬の顔は、よく見れば真っ赤なゆでダコみたいになっていた。

「こいつ……めっちゃ酒よわっ！」

彼らは知らなかったのだ。この世界の成人は十三歳だから、彼らは酒に慣れ親しんでいたかもしれないが、現代日本からやってきた但馬はまだ未成年で、酒など全く飲み慣れていなかった。なのに、シモンに勧められるまま、バーボンをストレートでグビグビ飲み続けていた但馬は、あっという間に限界に達してしまった。

今や真っ赤を通り越《こ》して真っ青になっている但馬を見下ろしながら、店に入ってから一言も喋っていないエリオスが口を開いた。

「分隊長。ここの払《はら》いは誰がするんですか」

分隊長、と殊更《ことさら》に役職を強調するこの男は、今年四十二歳の厄年《やくどし》であった。

一章　2・駄目かも知れない

その昔、居眠《いねむ》りしたまま終着駅まで運ばれて、うっかり田舎《いなか》の駅で一晩過ごしたことがある。虫とかが凄《すご》くて、とても衛生的とは呼べない、その駅のすぐ下を流れる生活排水垂《はいすい》れ流しのどぶ川が、夏の暑さのせいで独特な色に染まり、なんとも言えない臭気《しゅうき》を撒《ま》き散らしていた。

ケミカルな臭《にお》いというのは慣れないもので、一晩中その臭いを嗅《か》いでいたくせに、その臭いのせいで目が覚めた。硬いベンチに横たわっていたせいで体中《からだじゅう》がバキバキ音を立てており、口の中ではどぶ川の臭気と歯糞《はくそ》と唾液《だえき》とで得体の知れない化学物質が生成されているような気分がして涙《なみだ》が出た。

今日の目覚めはそれに匹敵《ひってき》する。

但馬はガンガンに痛む頭を抱えながら、硬い寝床から上半身を起こすと、暫《しばら》くぼーっとしてから自分の置かれた状況を思い出した。そういえば昨日、わけの分からないゲーム世界にいきなり放《ほう》り込まれて、紆余曲折《うよきょくせつ》の末に知り合った兵隊と一緒に酒を飲んでいたような気がする……その後どうなったんだっけ？

ところで、さっきからトンカチで叩かれたようにズキズキと頭が痛むし、波に揺《ゆ》られているかのように絶えず体がフラフラするし、今にもこみ上げてきそうな吐《は》き気《け》といい、もしやこれが世に言う二日酔《ふつかよ》いという奴《やつ》だろうか……

寝ゲロでも吐いたのか、口の中がやけに酸《す》っぱかった。寝不足《ねぶそく》のせいで瞼《まぶた》が重く、起きたばかりなのに気分は最悪だった。気持ち悪い。ただひたすらに気持ち悪い。

それにしても、まさかこんな異常事態に巻き込まれておきながら、一日も経《た》たずに前後不覚に陥《おちい》ってしまったとは迂闊《うかつ》にも程《ほど》があった。新歓《しんかん》コンパなら今頃《いまごろ》お持ち帰りされているところである。ぶっちゃけ、命の危険もあったんだぞ……。

反省しつつ、とりあえず水はどこかと但馬がうめき声を上げながら周囲を見渡《みわた》してみると、そこはよく見知った場所であった。

「つーか、二日続けて営倉入りかよ……とほほ」

昨晩は宿を決めずに飲んでいたから、正体不明の酔っ払いをどこに捨てて良いか分からず、取り敢《あ》えず営倉に放り込んどいたといったところだろうか。柔《やわ》らかいベッドとまでは言わないが、せめて宿舎に泊《と》めてくれればいいのに……。

まあ、屋根があるだけマシであろう。気を取り直して、ここから出してもらおうと、誰かを呼ぼうと立ち上がりかけた時だった。

「……いたっ……いたたたたたたたたっっ‼　なにこれ、痛《いた》いいたい‼」

突如、腹部に刺すような痛みが走って、但馬はもんどり打って倒れ込《こ》んだ。寝違《ねちが》えて腰《こし》を痛めたとかそんな感じではない。純粋《じゅんすい》にお腹《なか》の中で何かが大暴れしているというか、内臓が引き攣《つ》った感覚がして、腹筋がビクビク震《ふる》えていた。今、ケツからビュッと発射仕掛《しか》けて、但馬は慌《あわ》てて菊紋《きくもん》を締《し》めた。

間違いない。こいつは十年に一度カリフォルニアの海に現れるというビッグウェンズデーだ。

「あああぁぁあぁ～～～！！！　い～たたた、い～たたたた、いたあぁぁあ～～いぃ‼　看守さんっ！　看守さんはいませんかっっっ⁉」

いつの間にやら、暑くもないのに額には汗《あせ》がびっしょり滲《にじ》んでいた。そいつが目ににじわり染《し》みた。但馬がのたうち回っていると、看守の代わりに詰《つ》めていたらしきブリジットがひょっこり現れ、

「ああ、やっと起きたんですか？　勇者さん……って、どうしたんです？　床に寝っ転《ころ》がって」

「ブレイクダンスでもしてるように見えんのかよ！　いぃぃぃーたたたたた……おなか、お

なかが痛いから、開けて⁉」

「え？」

「うんちっ！　うんちが出ちゃうから出して！　うんち出すから、出して！」

「え？　ええ⁉　緊急事態《きんきゅう》⁉　わわわわ……ええっと、その、あの、トイレならそこに……」

但馬が肛門《こうもん》を手で押さえながら腰をくねくねしていると、ブリジットは顔を真っ赤にしつつ、営倉の奥を指さした。見れば部屋の隅《すみ》っこに、ちょっと大きめの丼《どんぶり》みたいな物体が置かれている。最初に営倉にぶちこまれた時からその存在には気づいていたが、形状といい大きさといい、せいぜいタンツボにしか見えないからスルーしていたが、どうやら違ったらしい。

もしかして、これは名高きＵＭ……もといＯＭＲというやつだろうか？

「っていうか、え？　これに出すの？　はみ出ちゃうよ……っつーか、ちょちょちょ、待ってくれ！　大体、ここじゃしてるとこ丸見えじゃんかっ‼」

「見ませんよ。そんな趣味《しゅみ》ないですし」

「いいから、ここを開けてくれ！　ちゃんとしたトイレに連れてってってってばっ‼」

「仕方ないですねえ……」

ブリジットは気持ち悪い動きをしている但馬に、若干気後《じゃっかんきおく》れしているようだったが、その必死さだけは伝わったのか、やがて諦《あきら》めたように鍵を取り出すと鉄格子の扉《とびら》を開いた。

但馬は肛門の辺りをもみもみしながら、へっぴり腰《ごし》で営倉から這《は》い出ると、そこに立っていたブリジットにしがみ付いた。

流石《さすが》にこれはただ事ではないと感じたのだろうか、ブリジットは何も言わずに、黙って但馬を詰め所《しょ》の方まで引っ張ってきてくれた。

コーヒーの匂《にお》いが立ち込め、暖かい日差しが差し込み、人の気配が感じられた。良かった。助かった。しかし、ホッとして腹筋を少しでも緩《ゆる》めようものなら即《そく》死亡だ。あとちょっとの辛抱《しんぼう》だから頑張《がんば》れ……但馬は自分に必死に言い聞かせた。

しかし、異世界は無情である。詰め所まで連れてきてくれたブリジットは、部屋に入るなり奥の方の衝立《ついたて》を指差し、

「トイレはあそこです」

と言って、但馬の背中を押した。

「え？　あ、あ、あそこ？」

「？？　そうですけど？」

そんなことも分からないのかと言わんばかりに、彼女《かのじょ》はキョトンと首を傾《かし》げた。彼女の

指差す先には、間仕切りの衝立で目隠《めかく》しされただけの空間が申し訳程度にあるだけだった。

これでは、さっきの営倉に毛が生えた程度の違いでしかないではないか。但馬は信じられない思いで彼女の顔を確かめたが、からかわれているわけではなさそうだった。

そういえば、一昔前の東南アジアとかはもっと凄《すさ》まじかったと聞く。これが生活レベルの違いってやつなのだろうか……泣きそうになりながらも、既に限界に近かった但馬はプルプル震えながら、衝立の奥へと入っていった。

「トイレって……これ？」

そこにあったのは、さっき営倉の中にもあったOMRに他ならなかった。

『異世界に　あると思うな　水洗便所』

頭の中で、心の俳句が響《ひび》き渡《わた》る。今はなきお祖父《じい》ちゃんの顔が脳裏《のうり》に浮かぶ。ああ、お祖父ちゃん。小さい頃《ころ》、いっぱい遊んでくれたお祖父ちゃん。今、そっちに行くよ……。

但馬は一瞬《いっしゅん》気を失いかけたが、刺すような腹痛に我に返り、泣きながらズボンを下ろすとOMRの上にうんこ座りした。

ブリュッ!!　ブリリリリッ！　ブリョッ!!　ズボボボボ！　ドボン！！！　ブリュリュリュリュリュリュドボドボドボドボドボドボズボンズボン！！！！

「あああああああ～～！！　らめっ！　聞かないでっ！　私の恥《は》ずかしい音っ！

聞かないでええええええええっ！！！」

「はいはいはいはい……」

ため息交じりに、ブリジットは部屋から出ていった。

但馬は絶えず襲《おそ》い来る強烈な便意に抗《あらが》いつつ、必死に脂汗《あぶらあせ》を垂らしながらＯＭＲに大便をぶちまけ続けた。それはもはやただの便意ではなく、激痛を伴《ともな》う急性胃腸炎《いちょうえん》とかなんかそんな感じのもので、何度も意識を持っていかれそうになった。

そして、大量の便をひり出し、こいつはちょっとただ事じゃねえな……と思ったところで、待ってましたと言わんばかりに胃が痙攣《けいれん》しだして、今度は猛烈《もうれつ》な吐き気に襲われた。

但馬は息も絶え絶え向きを変えると、自分の便の上に嘔吐《おうと》した。そのあまりのグロテスクな吐瀉物《としゃぶつ》と下痢《げり》便のハーモニーに、胃袋《いぶくろ》も第二射待ったなしである。

「おえぇえぇぇ〜〜！！！　おえぇえぇぁあぁあ〜〜〜‼　おえぇえぇぇ〜〜……‼」

もう間違いない、これは食中毒か何かだ。

迂闊だった。昨日、ＰＸでシモンに勧められるまま、何も考えずに飲み食いしていたが、よくよく考えてもみれば、そんなの自殺行為《こうい》だ。海外旅行でまず真っ先に気をつけねばならないのは、現地の水であるなんてことは世界の常識だろう。

しかもここは異世界。ゲームの中の世界。よく分からない世界なのだ。水か、酒か、サラダか、料理か……思い当たる節はいくらでもあった。

結局、その後三十分以上にわたって、上から下から大洪水《だいこうずい》の悲劇に見舞《みま》われた但馬は、ＯＭＲのそばから離《はな》れることが出来なかった。朦朧《もうろう》とする意識の中、もはや水しか出なくなったところでようやく便意は収まってきたが、ケツの痛みはむしろこれからが本番だと言わんばかりに腫《は》れ上がっていた。因みにＯＭＲの中はグチョグチョだ。

ブリジットは時折、詰所《つめしょ》に戻ってきては、え？　まだやってるの？　といった感じにドアをバタバタさせていたが、さすがに二十分もすると但馬の様子が尋常《じんじょう》でないことに気づき、心配する声をかけてきたが、ろくに返事も出来なかった。

全てを出し終えた但馬には、もはや体力は残されておらず、壁《かべ》にもたれかかっているのが精々だった。ケツを拭《ふ》く余裕《よゆう》もなく、丸出しのまま時間だけが過ぎていく……ＯＭＲには便座がついていなかったので、体を休める暇《ひま》もなかったのだ。

消耗《しょうもう》しきった但馬が荒《あら》い息を立てていると、ブリジットが何度目かの帰還《きかん》を果たし、

「あの〜……大丈夫《だいじょうぶ》ですかあ？」

と、呑気《のんき》な声で尋《たず》ねてきた。

大丈夫と言えば大丈夫だし、駄目と言えば駄目だろう。もう出すものは何もないから、詰め所の床的には大丈夫だが、但馬の肛門的には手遅《ておく》れだった。そんなことより、今大変

なことに気がついた。グロッキー状態の但馬は呻《うめ》くように言った。

「紙がない……」

「え？　紙？」

さっきまで、出すことばかり考えていたから、周りを見回す余裕がなかった。トイレ……というか衝立の中には、ＯＭＲがポツンと置かれている以外、ケツを拭くようなものは一切《いっさい》見当たらなかった。

「紙がないんだ。悪いんだけど、ブリジット。トイレットペーパーを持ってきてくれないか？」

「トイレット……ペーパー？　なんです？　それ？」

「はあ？　紙だよ、紙。ケツ拭く紙がないんだよ」

イライラしながら但馬が言う。しかし、帰ってきた言葉は、よもや想像すらしていないものだった。

「紙って……あの紙ですか？　何言ってるんですか。そんなものでお尻《しり》を拭く人なんて、聞いたことありませんよ？」

但馬は絶句した……

『異世界に　あると思うな　便所紙』

心の俳句が聞こえる。おじいちゃんが手招きしている。いけない、魂《たましい》が持っていかれる……

「いやいやいやいや、あり得ないだろう⁉　じゃあ、おまえら一体、どうやってケツ拭いてるわけ⁉　ウンコしたあとそのままパンツ穿《は》くわけ⁉」

「そんなわけないじゃないですか」

ブリジットは但馬の言葉に明らかに困惑《こんわく》しきっていたが、しばらく考《かんが》え込んだあと、この常識知らずの男は本当に仕方ないなといった感じに、

「そこに、ヤツデの葉っぱがありますよね？　それ、使っていいんですよ？」

「……は？」

葉っぱ？　何言ってるんだ、そんなものどこにあるって言うんだ……と思ってよく見たら、片隅《かたすみ》に鉢《はち》植えが置かれてあった。観葉植物だと思っていたから、完全に意識の埒外《らちがい》だった。言われてみれば、手頃《てごろ》なサイズの葉柄《ようへい》であったが、

「いやいやいや、無理無理無理、出来ない出来ない出来ない！」

断固拒否《きよひ》の但馬の言葉に、ブリジットは呆《あき》れ気味《ぎみ》に、

「それか、そこに掻《か》きだし棒が立てかけてありますよね？　それで拭ってください」

「掻きだし棒……だと？」

もの凄く不穏《ふおん》な響きの言葉である。その棒で一体、何をどう掻きだすというのだろうか……考えるだに恐ろしい。そんな棒が、今、但馬の目の前にあった。

長さはおよそ50センチくらいの、耳かきというか孫の手のような形状をした何の変哲《へんてつ》もない木の棒で、片端《かたはし》は角を落として丸みを帯びており、ヤスリがけで表面はツルツルしていたが、先端《せんたん》へ行くにつれて段々黒ずんでくるのが、但馬の心を不安定にさせた。

ちょっと待ってくれ。これはマイケツ掻き棒じゃないのだろう？　みんなのケツを掻いた棒なのだろう？　こんなものでケツを掻いてしまったら、誰《だれ》かの大腸菌《だいちょうきん》と但馬の大腸菌が渾然一体《こんぜんいったい》となって、どんな化学反応を起こすか分からないではないか。

「あ、あ、あ、アホかあああい！！！　こんなんでケツ掻けるわけないだろうが！　誰が使ったか分からないのに、汚《きたな》すぎるだろうがっ!!」

するとむっとした声でブリジットが返すのである。

「汚くないですよ。さっき使った後、ちゃんと洗いましたもん」

「なん……だと……？」

何を言ってるのかが分からなかった。

現実に理解が追いつかなかった。

え？　うそ、これ、使ったの？　ブリジットさん（十七）使ったの？　今さっき使ったの？

この世界は狂《くる》っている。

どうかしている。

この、先がほんのり黒ずんだ棒に、今、花も恥《はじ》らう乙女《おとめ》の排泄物《はいせつぶつ》が、微粒子《びりゅうし》レベルで存在する……。

いや、微粒子が存在するのだ。

ビターーン！！！

「勇者さん……？　勇者さん⁉　大丈夫ですか？　勇者さん⁉」

駄目かもしれない……。

衝立の向こうから、ブリジットの切羽詰まったような声が聞こえる。便所の床に崩《くず》れ落ちた但馬は、それになんとか答えようとしたけれど、もはや声帯を震わす気力さえ残されていなかった。

あの魔法《まほう》の威力《いりょく》からして、こんな世界、強くてニューゲームくらいに余裕ぶっこいていた。らくらく立身出世して、勇者の謎《なぞ》を解き明かして、いつか元の世界に帰るんだって、そう思っていた。それが何たる人生ハードモードだ。まさか、こんな落とし穴が待ってるとは思いもよらなかった。

心がぽっきりと折れた但馬は、薄《うす》れ行く意識の中で掻きだし棒を見つめていた。

間もなく自分は気絶し、糞《くそ》に塗《まみ》れた汚いケツをブリジットに見られちゃうのだろう。そして意識が戻《もど》った暁《あかつき》には、物凄《ものすご》い軽蔑《けいべつ》の眼差《まなざ》しで見下されることだろう。

何たる屈辱《くつじょく》。それを想像すると今から興奮……もとい、胸が痛むが……だがその前に、しゃぶるべきか嗅ぐべきか、それが問題である。

一章　3・恐らくは見張られているのだろう……

確か、さっきまでもの凄い地獄《じごく》を見ていたような気がするのであるが、目が覚めたら気分爽快《そうかい》だった。あれ？　もしかして盛大《せいだい》な夢落ち……？　異世界もウンコも全部夢だったんだ。わーい！　と期待する気持ちも正直あったが、そうは問屋が卸《おろ》してくれなかった。

ここは医務室であろうか？　営倉とは全然違う柔らかなベッドの上で目覚めた但馬《たじま》は、まず自分の体調が改善していることに驚いた。すぐさま身体を起こして辺りをキョロキョロ見回していると、彼《かれ》が目覚めたことに気づいた医師らしき男性が、

「酷《ひど》い有様だったぞ。軍曹《ぐんそう》に感謝することだな……ほら、下痢止めを飲んでおきなさい」

と言って漢方薬らしきものを手渡《てわた》してきた。

これを飲めと……白湯《さゆ》を一緒《いっしょ》に出されたが、何しろあれだけの下痢便に見舞われた直後だから、なかなか度胸が要《い》った。南無三《なむさん》と目をつぶって粉を飲み下し、ゴホゴホ言いながらここへ連れてこられた経緯《けいい》を尋ねる。

医師によれば、但馬がトイレでぶっ倒れた後、ブリジットが助けを呼びに来て、二人で

医務室まで運んでくれたらしい。その際、ヒーラーである彼女がヒール魔法をかけてくれたらしく、気分が良いのはそのお陰《かげ》だろうと彼は言った。

そうか、それは良かった。あとでちゃんと礼を言っておこう……ところで、ケツは誰が拭いてくれたんだろうか？　もちろん、拭いてくれるわけもなく、途端《とたん》にお尻がむず痒《がゆ》くなってきた但馬は、顔面蒼白《そうはく》になりながら医師に礼を述べると、いそいそとパンツを洗いに水場へ向かった。

まさか異世界に来てそれらしい冒険《ぼうけん》をするよりも前に、うんこのついたパンツを洗う羽目になるとは。情けなさに涙がちょちょぎれそうである。

いや、こんなこと誰も想像つかないだろう？　なにしろこちらは生まれてこの方、トイレには紙があるのが当たり前の世界で暮らしてきたのだ。

トイレットペーパーの生産量世界第三位、水洗トイレ普及率《ふきゅうりつ》９０％オーバー、世紀の発明と名高い温水洗浄便座発祥《はっしょう》の地、男性がビデのボタンを押して後悔《こうかい》した経験８０％（但馬調べ）の日本から、いきなりアマゾンの奥地《おくち》に飛ばされてきたようなものである。考えてみれば、未知の病原菌《びょうげんきん》がウヨウヨしていたっておかしくはない。気をつけよう。

ところで、パンツを洗っている最中に気づいたのだが、気分も爽快ならいつの間にかケツ穴もヒリヒリしていなかった。もう戻らないんじゃないかと思うくらい腫れ上がっていたはずだが、もしかしてこれもヒール魔法で治ってしまったのだろうか？

思い返せば、エリオスの指もニョキニョキ生えてきたし、さすがファンタジー世界と言うべきか。まさに医者要らずである……あれ？　だったらなんで医者がいるんだ？　基準が今ひとつ分からない。

まだ濡《ぬ》れてるパンツを穿き直して水場から出ると、外でブリジットが待っていた。朝から迷惑《めいわく》の掛《か》けっぱなしで、とっくに見捨てられたと思っていたが、付き合いが良いのかなんなのか、

「ところで、見た？」

「え？」

「俺《おれ》の……見た？　どうだった？」

セクハラをしていたら、通りすがりの医師にボコられた。

一般人《いっぱんじん》がいつまで駐屯地《ちゅうとんち》をうろついてるんだと怒られ、ゲートから外につまみ出された。

歩哨《ほしょう》の冷たい視線の前を通り過ぎ、恩人となったブリジットにお礼を言ってから街へ向かおうとしたら、その恩人が、

「街へ行くんですか？　だったらご案内しますよ」

頼《たの》んでもいないのに、くっついて来たがった。

何だ何だ？　もしかして気があるのか……？　なんてことはもちろんなくて、おそらくは見張られているのだろう。

正直言って、昨日の出会いから戦闘《せんとう》から何から何まで、但馬は怪《あや》しさ全開である。人気のない砂浜《すなはま》に一人で佇《たたず》んでいたかと思えば、目を瞠《みは》るような魔法を使って、名前を聞けば勇者を名乗り、世俗《せぞく》に疎《うと》くて常識知らずだ。

普通《ふつう》に考えればテロリストか、敵国のスパイと疑われてもおかしくないだろう。寧《むし》ろ、疑わないような軍隊があるなら、そっちの方が疑わしい。但馬を営倉にぶち込んだ、あの書記官が普通なのだ。

「……まあ、いいけどね。じゃあ、行こうか」

とは言え、見張られているのだとしても、自由に街を歩いても良いなら、それほど嫌《きら》うこともなかろう。現状、右も左も分からないのだから、なんならガイドがタダで付いてきたと思えばお得ですらある。

気を取り直し、駐屯地を出る。

丘《おか》から見下ろす川の向こうには、巨大《きょだい》な都市が広がっていた。街を取り囲む城壁《じょうへき》は長く、地平線の向こうまで続いている。今立ってる場所の標高がどれくらいかは分からないが、結構な高さから見ても端《はし》が見えないということは、あの城壁は数十キロはあるのだろう。

「どうですか？　勇者さん。これがリディアの首都、大陸随一《ずいいち》の人口を抱《かか》える都市ローデポリスです」

　ブリジットが、その無駄に大きい胸でふんぞり返った。うざい。しかしまあ、自慢《じまん》したくなる気持ちも分からなくもなかった。

　街は海岸線に沿って細く長く延《の》びており、目の前の海には黒煙《こくえん》を上げる火山島が見えた。どうやらあれがロードス島と言うらしく、ローデポリスとはロードスのポリス（都市）という意味らしい。また大昔の地名が出てきたが、街の暮らしはそれほど大昔ではなさそうだった。

　全長数十キロにも及《およ》ぶ城壁を張り巡《めぐ》らせる、これだけの建築技術をこの国はどうやって獲得《かくとく》したのだろうか……？　見れば港も地形を活《い》かした造りではなく、人工的幾何学的《きかがくてき》に埠頭《ふとう》が張り巡らされている。区画整理されたであろう住宅街には、画一的な石造りの建物が見受けられたが、それがまるで昭和の団地のように見えた。早計ではあるが、もしかして、あれは鉄筋コンクリートではなかろうか……。

　駐屯地と街の間には、灌漑《かんがい》の整備された穀倉地帯が広がっており、農民たちがせっせと野良《のら》仕事をしていた。流石にこれだけの都市を賄《まかな》えるほどの収穫量《しゅうかくりょう》はないと思うが、食料自給率はいかほどのものなのだろうか？

「それで勇者さん。これからどうする予定なんですか？」

街を前にして一向に動き出そうとしない但馬に、焦《じ》れったそうにブリジットが言う。どうするのかと問われれば、そりゃもうこんなケツを拭く紙もないような世界とはおさらばして、さっさと家に帰りたいのだが、

「取り敢えず、北の大陸ってとこに行きたいんだけど、銀貨十枚で足りるかな？」

「ははは、ご冗談《じょうだん》を」

それじゃどこまでなら行けるのかと問えば、せいぜい対岸に渡れるくらいらしい。話の流れで銀貨の価値がどのくらいか探《さぐ》りを入れたら、ざっくり一万円くらいと教えてくれた。

この国では金銀比率が1：10、銀と銅も1：10といった具合に、非常にわかりやすいレートで流通しているらしい。つまり、対岸に渡るのに十万円。勇者が消えたという北大陸は、その遥《はる》か彼方《かなた》である。

そんな大金を、どうやって手に入れろというのか。早々に諦めた。こちとら、とにかく楽して帰りたいのだ。街の近くのダンジョンとかに潜《もぐ》ったら、飛空艇《てい》とか見つからないだろうか？

「ダンジョン？　なんですか、それ？」

「なんかこう、物理法則を明らかに無視した、無尽蔵《むじんぞう》に魔物《まもの》が湧《わ》いてくる洞穴《ほらあな》で、倒《たお》せば

経験値と金がいくらでも入り、中にはすっげーお宝があって……」

言ってて虚《むな》しくなってきた。ブリジットの表情も心なしか険しい。

「それじゃ、冒険者《ぼうけんしゃ》ギルドに連れてってってくれよ」

「冒険者ギルド？」

「って、それもないの!?　あれ？　でも、魔物はいるんだよな？　この近辺にも出るんだよな？」

「ええ、いますけど……」

「冒険者ギルドがないなら、それ誰が片付けるんだよ？」

「軍隊ですけど……」

「ですよね！　知ってた！」

こいつは何を言ってるんだ？　と白痴《はくち》でも見るような視線が痛い。だって、異世界転生と言えば定番なのだから、聞かないわけにもいかないではないか。しかし、そうか、これも駄目なら……。

ブリジットの冷たい視線から逃がれるように、但馬は今度は通りすがりの農民を呼び止め、

「あ～、おっほん……そこを行く農民よ。より多くの収穫《しゅうかく》を望むのであれば、春に小麦や

ライ麦を植え、夏に大麦や豆を植え、土地が痩《や》せたらクローバーやウマゴヤシを植えて家《か》畜《ちく》を放牧するが良かろう……」

などと、ありがちな預言者じみた助言を与《あた》えてみたら鼻で笑われ、

「そっただこと言ってもよ。オラんとこさ塩害が酷くて、小麦なんざ植えても育つわけねえべ。だども、本土ではそうしとると聞いたべや。おめさん、畑仕事さ興味あんべか」

「え？　あ、はい……少し」

「オラんとこじゃ、トウモロコシ・ワタ・トウモロコシ・ワタと繰《く》り返し植えんべ。畑さ休ませだ後は芋《いも》さやっとるけえの、肥料さなんで。けんど『ぺーはー』が下がんで、虫が湧いだら天地ひっくり返しでな？　そんでほれー、この指示薬さ青くなんまで石灰《せっかい》撒ぐんだ」

輪作や肥料は当たり前、驚《おどろ》いたことにおっさんは独自開発した指示薬で土壌《どじょう》のpHまで調べているらしく、その作り方まで教えてくれた。

オッサンはいかにも熟練の農業従事者らしく、但馬の知ってることなど熟知しており、但馬はそれを小さくなって聞いているだけだった。

因《ちな》みに、オッサンはこの辺一帯の大地主でもあるらしく、特にコットンの輸出に関しては大陸でも屈指《くっし》のものらしい。この街きっての資産家であった。

それにしたって妙《みょう》に近代的な知識を持ち合わせているので、もしやと勘《かん》ぐってみれば、案の定、ここでも勇者の名前が出てきた。

「こんな塩と火山灰だらけの土地、まどもな畑さ出来ねえ思ってってったら、誰もこんなことせんと魚よう取っとったけえ、だどもオラは魚取りが苦手でな。ほしたら勇者様がなあ」

どこからともなくトウモロコシやサトウキビ、そして綿花を持ってきて農業をやり始め、森を切り開いて農地を拡大していったらしい。それが今からおよそ六十年前の出来事だとか。

「おめさも畑さ興味あんなら、はろーわーくさ行ってオラとこの求人さ応募《おうぼ》すんべよ」

「ハローワーク……？　え？　ハローワークあんの⁉」

「あんだ、そっただことも知んねか？」

オッサンはそう言うと、街の中心にこれ見よがしに建っている、一際《ひときわ》でっかい建物を指差した。

「ほれ、こっからでも見えっだろ、街のど真ん中、でっかい『びるぢんぐ』さあんのよお。あん中に勇者様が作られた、はろーわーくがあるでよ、おめえも仕事はよ見つけんべ。若えもんが、真昼間っからブラブラしてんでねえよ」

但馬は唸《うな》った。やっぱり、あれを無視するわけにはいかないのか……。

彼はオッサンに頭を下げて別れを告げると、いい加減に覚悟《かくご》を決めて、今度こそ街へ向かうことにした。

＊＊＊

それにしても、この世界。ファンタジーのくせに冒険者ギルドは無くて、ハローワークなら有るらしい……。

げっそりしながら穀倉地帯を抜《ぬ》けて、ついにリディア王国首都ローデポリスへとたどり着く。案内人のブリジットはそのまま城門を潜ろうとしていたが、但馬はそれを無視して小走りに城壁へと近づいていくと、その表面を叩《たた》き始めた。

「何してるんですか？　街は目の前なのに」

「いいから、ちょっと待ってろよ」

遠くで見た時から、実は気になっていたのだ。

城壁は遠目にも表面が滑《なめ》らかで直線的に見えた。石やレンガを積み上げたのでは、こうはならないだろうから、もしかしてとは思っていたが……案の定、目の前で見上げたそれは、コンクリートで出来ているようだった。

コンクリートは、主に二十世紀に入ってからの建築技術で、それ以前はほぼ使われていなかった。しかし、その歴史は意外と古く、例えば紀元前四世紀のローマ帝国《ていこく》では水道橋建設に使用されており、その痕跡《こんせき》が今でも残っている。

なのに帝国が崩壊《ほうかい》してから近代にかけて、コンクリート建築が全然作られなくなってしまったのは何故《なぜ》なのだろうか。

別段、コンクリートという技術が優《すぐ》れているわけではない。焼いた石灰を粉にして、骨材と呼ばれる砂利《じゃり》や砂を混ぜ（いわゆるセメント）、水をかければ化学反応を起こして固まるという、単純に言えばそれだけの技術にすぎない。それがどうして千年以上にもわたって失われていたのか？　といえば、要は人手の問題だった。

セメントは水と混ぜればその瞬間《しゅんかん》から固まりだすが、建築現場に持ってくるまでに固まってしまっては元も子もない。だから現代では、コンクリートミキサー車がグルングルンとかき混ぜながら運んでくるわけだが、中世にそんなものは存在しないから、人力でやろうとしたらどうしても大掛《おおが》かりにならざるを得なかった。

故に、それがあるということは、この国にはそれだけを動員できる実力があるということだ。その規模からして、恐《おそ》らくこの城壁もただ固めただけじゃなく、中に鉄筋が仕込《しこ》まれているのは間違《まちが》いないだろう。

「勇者さん。早く早く、こっちですって！」

ブリジットに急《せ》かされて潜ったアーチ状の門には、巨大な鋼鉄製の落とし格子《ごうし》がぶら下がっており、但馬はその鋭《するど》く尖《とが》った杭《くい》の真下を通過した。

城門を潜ると、そこは小さな広場になっており、お祭り騒《さわ》ぎみたいな光景が広がっていた。人混みは喧騒《けんそう》で賑《にぎ》わい、行き交《か》う人々は大都会の住人らしく早足で忙《せわ》しなく歩き、ひっきりなしに通り過ぎる馬車や荷車を憲兵がせっせと交通整理している。

ろくに舗装《ほそう》もされていない道路を、つっかえもせず通り過ぎる車を見て、但馬は唖然《あぜん》とするしかなかった。何しろこの国の車は、みんなタイヤを履いているのだ。通行人の足元もよく見てみれば、どうやらその靴底《くつぞこ》はラバーらしかった。つまり彼らは、ゴムの加工法を知っているというわけだ。

服装はまちまち。Ｔシャツやポロシャツ、アロハシャツみたいな柄《がら》シャツなど人それぞれであり、下はジーンズっぽい厚手のスラックスを穿いている者が多かった。帯剣《たいけん》が許されているからだろうか、大抵《たいてい》の人が腰のベルトにナイフや長剣《ちょうけん》をぶら下げており、時折たなびくマントからそれが覗《のぞ》いて、西部劇のガンマンを思わせた。

素材のコットンは絹のように滑らかな光沢《こうたく》を発しており、この国の手工業の質の高さを窺《うかが》わせる。総じて半袖《はんそで》が目立つのは、穏《おだ》やかな陽気のせいだろう。例のイルカは常夏《とこなつ》と言っていたが、温暖化の進んだ二十一世紀の日本よりは幾分《いくぶん》マシだった。

街の建物は木造とコンクリ造が半々で、北欧《ほくおう》の建築らしい上に行くほど面積が広い切妻屋根の建物と、近代のシュッとしたモダニズム建築が交互《こうご》に並んでいた。因みに、遠くから見えた団地みたいな建物は、実際に低所得者向けの集合住宅のようである。

気候が穏やかなお陰で暖炉《だんろ》の需要《じゅよう》がないのであろう、家々に巨大な煙突《えんとつ》は見当たらなかったが、たまに見つけたかと思うと十中八九もの凄《すご》い黒煙を上げていた。何事だろうか？と元を辿《たど》れば、鍛冶屋《かじや》があって、石炭を燃料に鉄を精錬《せいれん》している姿が見えた。

フライパンや包丁などの日用品の他に、国が戦争中だからか、どの軒先《のきさき》にも大量の武器が展示されている。

但馬はその中に独特な刃紋《はもん》の刀剣《とうけん》を見つけ、興味本位に店の人に頼み込んで、鍛冶場を見学させてもらった。中では汗だくの男たちが、灼熱《しゃくねつ》した鉄インゴットを重ねては叩き、薄く伸ばしてはまた重ねてという、いわゆる積層鍛造《たんぞう》を行っていたが、その仕上げに、彼らは薄〜く伸ばした鋼鉄をグルグルと捻《ひね》って、例の独特の刃紋を付けているようだった。間違いない。あれは恐らくダマスカス鋼だ。

シリアのダマスカスで生産され、その鋭い切れ味から世界に名を轟《とどろ》かせたダマスカス鋼は、オスマン帝国の衰退《すいたい》とともに十九世紀にその生産が途絶《とだ》えてしまった。以来、その製法は謎に包まれていたのだが、近年、解析《かいせき》技術の進歩によって、残された刀剣から当時の製法が判明し、またマニア向けに再生産がされるようになったという、二十一世紀の技術である。

無論、この国の人々が独自に開発したという可能性もなくはないが……どうせまた、勇者の入れ知恵《ぢえ》なのだろう。但馬は店番に礼を言うと、唸りながら表に出た。

燃料が石炭であることも気になった。

別に、石炭だろうが木炭だろうが炭素燃料に変わりはないのだが、入手コストにはだいぶ違《ちが》いがあるはずだ。木を切り倒して燻煙《くんえん》する木炭に対し、地中深くを掘《ほ》り返さなければ出て来ない石炭は、コストの面では劣《おと》っている。なのにわざわざ石炭を使っているのは、そのコストが逆転するくらい石炭が取れるということだろうか。

但馬はブリジットに、この国の産業について質問してみた。

「産業ですか？　なんと言ってもゴム製品ですけど、石炭、鉄鋼、ガラス工芸、砂糖、製塩、綿花など、リディアは世界屈指の輸出国ですよ」

彼女の弁では、リディアは資源が豊富で、特に硫黄《いおう》が最大の産出品であるとのことだった。

リディア港の目の前には、ロードス島というでっかい火山島があり、その最高峰《さいこうほう》ローゼス山は今でも噴煙《ふんえん》を上げている活火山だった。何だか巨人像《きょじん》でも建っていそうだが……かつてのロードス島には温泉があるくらいで、何の価値もなかった。むしろ、そこから上がる噴煙が土壌を汚染《おせん》し、魚を寄せ付けない原因となっていたので、邪魔《じゃま》とさえ思われていた。

それが近年、生ゴムに硫黄を混ぜて固める方法が発見されると、一躍《いちやく》国の重要産業へと躍《おど》り出たそうである。それまでのゴムは、すぐに劣化《れっか》したり溶《と》けたりして使い物にならず、素材としてまったく注目されていなかったのだ。

因みにどうして近年それが発見されたのかと言えば、

「北方大陸で勇者様が亡《な》くなられた後に起きた内戦で、大量の難民がリディアに渡ってきたんですが……」

彼らが様々な技術を持ってきてくれたお陰で、リディアは第二次勇者ショックみたいな急成長を遂《と》げたらしい。因みに第一次は、勇者がこの国にいた時である。農業も鉄鋼業もガラス工芸も、つくづく勇者がいないと成立しない国である。

通りすがりの別の鍛冶屋《かじや》には、マスケット銃《じゅう》らしき物まで見えた。まだあまり認知《にんち》されていないようだが、もう間もなく、この国も銃の時代に突入《とつにゅう》するのだろう……。

げんなりしながら先を進んでいると、子供たちがグラファイトのカスを拾い、チョークみたいにして壁に落書きをしている場面に遭遇《そうぐう》した。大人が注意すると、子供たちはきゃあきゃあ言いながら路地裏へ逃《に》げ込《こ》んでいった。

その路地を通り過ぎようとしたとき……但馬はムッとした臭気《しゅうき》を感じ取って、顔を顰《しか》めた。実はさっきからちょっと気になっていたのだ。

「あ、ちょっと。勇者さん、そっちは行かないほうが……」

子供たちの消えた路地は非常に狭《せま》く、但馬は壁に両手をついてカニ歩きしながら奥《おく》へと進んだ。そんな彼の行動をブリジットは制止しようとしたが、追いかけてまではこないようだった。

それもそのはず、狭い路地を抜けた先には、目を開けているのもきついほどのアンモニア臭《しゅう》が立ち込めており、路地裏には鼻がひん曲がりそうなくらい大量の汚物《おぶつ》が積み上げられていたのである。

バシャバシャと汚泥《おでい》を撒き上げて走り去る子供たちの後姿が見える……ギシギシと建て付けの悪い窓が開く音がして、見上げればすぐ近くの二階から、何者かがバシャーッと汚物をぶちまけていた。もちろん、下を見向きもしない。但馬が居ることにも気づいていない。

窓の桟《さん》の上を、ねずみがチョロチョロと駆《か》け抜けていった。暗闇《くらやみ》に何か蠢《うごめ》く影《かげ》があると、よくよく見れば、それは異常繁殖《はんしょく》したゴキブリの群れだった。下水道が通っていないから、家と家の間が汚物《おぶつ》溜《だ》めになっているのだ。

こみ上げてくる吐《は》き気《け》を堪《こら》えつつ、ほうほうの体《てい》で路地から抜け出した。いつの間にか呼吸をするのを止めていたらしく、あまりの苦しさに膝《ひざ》に手をついてぜえぜえと荒い息を吐く。

「大丈夫ですか？　だから止めたのに……」

ちょっと離れたところからブリジットが声をかけてくる。道行く人々も、心なしか彼を避《さ》けているようだ。あの一瞬で臭《にお》いがついてしまったのだろうか。露骨《ろこつ》に避ける彼女《かのじょ》にイラっとして、

「ありがとうよ。案内なら、もう要らないぜ？　こんな臭い男と一緒に歩きたくはないもんな？」

と言ったら、渋々《しぶしぶ》距離《きょり》を詰《つ》めてきたが……。

それにしても、トイレに行きたいといったらＯＭＲが出てきたところで、もしかしてとは思っていたが、この国のインフラは中世並みのようである。砂漠《さばく》でもない海に面した暖

かい国なのに、道行く人がみんなマントをつけているのは何故だろうと思っていたが、理由は汚物が撥《は》ねるのを防ぐためだったのだ。

コンクリ建築に近代農業にゴム製品など、科学的に優れていると見せかけて、目立たないところで落差が激しい国だった。詰め込み教育されて自意識が肥大化した小学生みたいだ。勇者も、自分が出て行った国のインフラにまでは責任が持てないだろうが、

「それにしても、下水道くらい整備しようと思わなかったのか？　８３Ｃ」

「下水……なんです？　それ？」

「……コンクリはあるのに上下水道もない。７７Ａ　水はどうやって汲《く》んでるの？　８５Ｄ」

「水は井戸から汲み上げてますよ……あ、丁度あそこにありますね」

「滑車《かっしゃ》がついてるように見えるけど……ポンプはないのか？　８０Ｂ」

「ポンプ……さあ、聞いたことありませんね」

「ゴムはあるくせになあ……　８９Ｅ」

「ところで、さっきから、それ、なんの数字ですか？」

「何でもないよ、９２Ｇ」

道行く女性の健康診断《しんだん》をしながら目抜《めぬ》き通りを進んで行くと、やがて街の中心部らしき

大通りに突《つ》き当たった。

　そこは欧州式《おうしゅうしき》のラウンドアバウトになっており、中心の広場が公園として開放されているようだった。大道芸人や絵描《えか》き、屋台がたくさん出ていて、人で賑わう公園を見ていると、ここが地球ではないどこか別の世界だとは思えなかった。

　その広場に面した一等地に、他の追随《ついずい》を許さない、一際大きいスターリン様式みたいな、コテコテの装飾《そうしょく》が施《ほどこ》された、無駄《むだ》に豪奢《ごうしゃ》な建造物がデデンと建っていた。

　左右対称《たいしょう》構造のその建物は、幅《はば》200メートル、両翼《りょうよく》の高さは凡《およ》そ20メートル、そしてその両翼に挟《はさ》まれた中央塔《とう》は、地下三階、地上十五階建てのゴシック建築風の尖塔《せんとう》があしらわれた、高層ビルディングであった。

「見てください、勇者さん。これが我《わ》が国《くに》が誇《ほこ》る中央政庁、リディア・インペリアルタワーです。近くで見てみて、どうですか？　大きいでしょう？　ビックリしたでしょう？」

「はいはい、びっくりびっくり……」

　ブリジットは誇らしげにふんぞり返った。無駄な贅肉《ぜいにく》のついた胸がブルンブルン揺《ゆ》れた。通りすがりの男たちがそれを見て鼻の下を伸ばし、次に但馬の顔を見て、悔《くや》しそうに通り過ぎていった。うんざりだ。

　しかしまあ、実際、ビックリはしていた。他に高い建物がないこの国の中で、そのビルは一際目立っていた。これだけデカければ、きっと街のどこからでも見えるはずだ。その意匠《いしょう》が悪趣味《あくしゅみ》というか、凝《こ》っているのはランドマーク的な意味合いが強いのだろう。

例えば、マンハッタンに行ったことがある者からしたら、こんなものはチャチで見る価値もないのは確かである。だが、そう言う類の話ではないのだ。問題なのは、この国に、このくらいの規模の建築物を建造出来る土木技術があるということだ。

正直、ゲームだと思って舐《な》めていた。こんなわけの分からない世界に身一つで放《ほう》り込まれたとはいえ、なんとかなると漠然《ばくぜん》と思っていた。小説やマンガで異世界転生といえば、神様から与えられたチート能力や、現代人の知識を生かして俺TUEEしていくのが当たり前だから、自分もそうするつもりだった。

しかし、どうやらこの世界で但馬はそう特別な存在でもないらしい。楽して生きていけるほど、この世界は甘《あま》くないのだ。

どうする？　どうやって生きていけば良い？

一日中寝転《ねころ》がっていても腹は減る。飯を食いたきゃ金がいる。しかし、日銭《ひぜに》を稼《かせ》ごうにも冒険者ギルドのような都合のいいものはなく、現代知識は既《すで》に勇者に広められてしまっている。町の外には、魔物もいれば野盗《やとう》もいる。命がくっそ安かったりする。すでに死人を何人も見てしまった。

正直もうこんな世界は懲《こ》り懲《ご》りだし、出来れば今すぐ元の世界に戻りたいのだが、その方法が分からない。

「……ところで、あのビルの中にハローワークがあるんだって？」

「あ、はい。職業斡旋《あっせん》所ですね。ありますよ。次はそちらへ行かれるんですか？」

「いや……出来ればお世話になりたくないというか……身体が拒絶《きょぜつ》するというか……もう少しモラトリアムに浸《ひた》っていたいというか……いや、駄目《だめ》だ！　そんなの絶対駄目だっ!!」

ブリジットがビクッとしていた。

ハローワークなんてとんでもない。何が悲しくて、こんなインフラの整っていない世界に来てまで、就職活動しなけりゃならないのか。大体、自分は元の世界でバイトの面接中だったのだ。働くんなら絶対そっちの方がいい。さっさと帰りたいのだ。

いっそ軍隊に入れてもらおうか？　あの大量破壊《はかい》兵器みたいな魔法があれば、もしかすると重用されるかもしれない。与えられたチート能力を使わない手もないだろう。

しかし……実際問題、この国は現在戦争中である。魔法を使うってことは、戦争で人を殺すということである。

あの、ケモミミをしてる以外は人間とさして変わらない、直立二足歩行の生き物を殺すと考えると、途端に腰《こし》が引けてきた。誰だってそうだろう？　人殺しになんてなりたくないのだ。

じゃあ、どうしたら良いんだろうかと黄昏《たそがれ》ていると、香《こう》ばしい匂《にお》いが漂《ただよ》ってきた。

顔を上げて元を辿ってみれば、広場の屋台で串《くし》カツっぽいものが売られていた。匂いの元は秘伝のソースだろうか。向かいのベンチにはアベックが座《すわ》っており、たこ焼きっぽいのをアーンしていた。あっちにあるのはお好み焼きじゃないか？　そしてこっちのは焼きそばか。上にかかっているのは……マヨネーズ!?

揚《あ》げもんも粉もんも既に手を着けられている。打つ手なしだ。うあああ――

「あ！　分隊長じゃないですか。まだ勇者監視《かんし》任務中なんすか？　お疲《つか》れ様《さま》でーす」

と、その時、懊悩《おうのう》する但馬の耳に聞き覚えのある声が飛び込んできた。

見れば釣竿《つりざお》を担《かつ》いだシモンが友人らしき男二人を連れて、こちらへ歩いてくるところだった。

二人はブリジットがいることに気づくと、恐縮《きょうしゅく》した感じに背筋をピンと伸ばして敬礼し、ついで但馬のことをじーっと盗《ぬす》み見てから、ちっと舌打ちした。

言いたいことがあるならはっきり言え。こんな乳袋《ぶくろ》なんざ、いくらでもくれてやる。ところで、シモンよ。ブリジットが監視してるのを、バラしちゃって良かったのか。

当の彼女もそれには気づかず、

「お疲れ様です。シモンさん達《たち》は釣《つ》りですか？　そっちは休暇《きゅうか》に入れて羨《うらや》ましいですね」

「いやあ、休戦が決まって良かったっすよ。これで正月は家でゆっくり過ごせるっす」

「私も早くおうちに帰って、お風呂《ふろ》に入りたいです……昨日は結局、詰所《つめしょ》で一晩過ごすことになっちゃいましたし」

「大変っすね。早く帰れると……あ」

あ、じゃねえよ、あ、じゃ……突っ込んでやりたいところだったが、ぐっと堪えて但馬は気づいていない振りをした。

二人は暫《しばら》くあたふたしていたが、但馬が空気を読んでやると、やがてホッとしたように安堵《あんど》の息を吐き、取り繕《つくろ》うように世間話を始めた。置いてけぼりを食《く》らった格好の男二人がボーっとしている。

「君ら、シモン君の友達？」

暇《ひま》そうなので声を掛けると、彼らは軍人らしく丁寧《ていねい》な気をつけをして、

「はっ！　自分はリディア軍321小隊エリックです」「マイケルです」

「ふーん……321っていうと、ブリジットの部下？　みんな若いのに（ぶっちゃけ年齢《ねんれい》的《てき》に差はないが）、大変だね」

「いいえ！　任務ですから！　軍曹殿《ぐんそうどの》にはいつもお世話になっております！」「ます！」

などと但馬と話しながらも、彼らはちらりちらりとブリジットの方ばかり気にしていた。

意外と人望があるのだろうか？　いや、あるのはおっぱいか……。

まあ、確かに？　ブリジットは見た目だけはとても可愛《かわい》らしかった。金髪《きんぱつ》で童顔で、顔は整っていて、ショートの髪《かみ》はサラサラでフワフワだ。体は小さいながらもボンキュッボンで、引き締《し》まるところは引き締まっている。こういうのをなんと言うのだ？　トランジスタグラマーと言うのか？　その筋の人々にはたまらない感じではある。但馬だって92ではなく、せめて82であったなら、今頃《いまごろ》デレッデレしているはずだ。

そんなブリジットを意識してしまって仕方がない二人を見て、軍隊の規律的にこういうのってどうなんだろう？　とか思いつつ、自分に関係ないことには興味もない但馬は鼻くそをほじりながら、

「ところで、おまえら彼女いるの？　ま○こって見たことある？」

これだけ近代化してるなら、この国の人たちの恋愛観《れんあいかん》ってどうなってるんだろう？　と思って、何気ない気持ちで尋《たず》ねてみた。

さっきから向かいのアベックが鬱陶《うっとう》しくて、石を投げつけてやろうか、ツバを吐きかけてやろうか、涙《なみだ》を拭《ふ》いて退散しようか迷っていたからだ。

エリックとマイケルの二人もさぞかし不快であろう。なんなら共闘《きょうとう》を持ちかけるつもりで、ざっくばらんに話しかけたつもりだったが、

「かかかか、彼女なんて、そんな、いいいい、いないっすよ！」「滅相《めっそう》もないっす。自分はまだまだっす」

ところが、そんな昭和の純情少年ボーイみたいな反応が返ってきて、思わずこっちまで恥《は》ずかしくなってしまった。真っ赤っかである。

はて？　初対面の相手に聞くようなことでもなかったが、そこまで敏感《びんかん》に反応するようなものだったろうか？

但馬は首を捻ったが、すぐに察しはついた。

そういえばここは異世界だ。エロ本もなければエロ動画もない世界だ。だから、こいつらはエロに興味はあっても、エロいことはまったく知らない、小学生みたいなものだと思って、ほぼ間違いないのだろう。

但馬は、はは〜ん？　としたイヤラシイ笑《え》みを浮《う》かべつつ、

「いやいや、そんなに畏《かしこ》まらないでくれよ。ちょっと気になったから聞いてみただけなんだ。俺もさあ、今じゃ女なんて取っ換《か》え引っ換え掃《は》いて捨てるほど知ってるけど、君らくらいの年頃《としごろ》には毎日女の子のことばっか考えてたよ」

などと出鱈目《でたらめ》をほざいてみたら、二人はもの凄い尊敬の眼差《まなざ》しで但馬にがぶり寄り、

「まじぇっすか⁉」「すんげえっ！」

キラキラしているその純朴《じゅんぼく》な瞳《ひとみ》を見て、但馬は、なんだかこいつら簡単に騙《だま》せちゃいそうだよなぁ……と思った。

思ってしまった。

「君ら……彼女、欲《ほ》しいの？」

「欲しい！」「欲しいっす‼」

「ふ～ん……じゃあ、俺が一肌脱《ひとはだぬ》いでやろう」

それが後々リディア王国の法律を変え、そして大陸の歴史に残る大事件の幕開けだったのである。

一章　4・人口10万の金貨

「ねえ？　おまえらはどうしてそんなにモテないの？　いつから女日照りなの？　周りを見渡《みわた》してみろよ？　例えばあいつやあいつ……世の中には男と同数の女がいて、みんなよろしくやってるじゃんよ。だけどおまえらの周りには女がいない。どうしてだ？　おまえらそんなに弱いのか？　日々あくせくと人に命令されるままに働いて、負け犬のようにただ従うだけの人生なのか。

オーケー、オーケー……おまえたちの言いたいことは分かってる。だけど、今は俺の話を聞いて欲しい。

おまえらに足りないのはまず注意力だ。俺が話すことを、ただ奴隷《どれい》のように黙《だま》って聞いてれば良いってもんじゃない。例えば、今こうしている間に、この広場から何人の女の子が出て行ったか分かるかい？　もしも分かるなら、おまえらはこちら側の人間だ。そうじゃないなら、それだけ女の子と出会うチャンスを失ったと言うわけだ。分かるかい？　分かるだろう？　君らが見逃《みのが》したのは彼氏《かれし》募集《ぼしゅう》中の可愛い女の子だったかも知れないんだぞ。

もっと周りに注意を払《はら》わなきゃ、出会いの神様は後頭部が禿《は》げ散らかしてるんだ。一瞬《いっしゅん》の隙《すき》も逃《のが》しちゃならない。だから集中して聞いて欲しい。

これから君たちにするのは、ちょっと恥ずかしい話だ。だから本当は話したくないんだ。正直に言えば、絶対に誰《だれ》にも話さず墓まで持ってくつもりだった。僕《ぼく》の恥ずかしい秘密だ。だけど君たちのくれた勇気に敬意を表して頑張《がんば》ってみようと思う。僕だって君たちとそう変わらない、辛《つら》い日々を送ってきた過去があるんだ。

高校の頃《ころ》の僕は、暗くじめじめとした孤独《こどく》の日々を送っていた。家と学校を往復するだけのルーチンワークを繰り返し、毎日が浪費《ろうひ》されていくばかりだった。惨《みじ》めなくらいに誰からも相手にされなかった。だけど周りを見渡してみれば、そこには青春を謳歌《おうか》する若者たちがいっぱいいて、毎日がパーティみたいにはしゃいでた。そして数え切れない女たちが、夢中になって男たちを追いかけていたのさ。

一体、僕と彼《かれ》らの違いはなんなんだ？　背だってそう変わらない、見た目だってそうだ。成績は僕のほうがいいくらいだというのに、彼らは陽のあたる場所でキラキラしてて、僕は暗い部屋でしょげ返っている。そんな日々が三年も続いて、僕はすっかり自信をなくしてしまった。

そんな時、人生が百八十度変わるような奇跡《きせき》が起きたんだ。世界観がぐるりと逆回転しちゃうような、もの凄い出来事だった。

ある時、僕は世界的な著名アーチストたちが集う秘密結社を発見したんだ。彼らは日夜、僕のような自信を失った少年たちを救済するため活動していた。僕は驚いた。どうして世界的アーチストの人たちが……？　何故《なぜ》なら、彼らもまた、かつての僕と同じだったからさ。そんな彼らが僕の背中を押《お》してくれる。僕だっていつか彼らのようになれる！　僕は勇気を取り戻《もど》せた気がして、彼らと行動を共にするようになったんだ。

彼らは僕のような若者が自信を取り戻し輝《かがや》けるために、誰にでも可能なプログラムを開発していた。僕はそのプログラムにチャレンジし、見事自分を変える事に成功したんだ。

その日から世界が変わった。見るものすべてが輝いて見えた。もちろん僕を見る周りの目も変わったよ。自信に満ち溢《あふ》れた僕が歩けば、後には女たちが列を成して、男たちがやっかみの視線を向けてきた。

君たちもそのプログラムを手に入れたいと思うかい？」

「思いますっっっ!!」「是非《ぜひ》っ!!　お願いします!!」

エリックとマイケルはガッツいた。あまりにも食いつきがいいので、途中《とちゅう》から口が滑らかになっていった。どの辺でやめればいいかなあ……と思っていたのだが、もはや後には引けない。

「……いいだろう」

但馬《たじま》は思いつくまま、更《さら》に出鱈目を並べ立てた。

「これから私が言うことに、諸君らは最初戸惑《とまど》うかも知れない。しかし、これが真理だ。心して聞きたまえ。モテる男にあって、君たちにないもの、それはずばり金だ。

女は金についてくる！

例え見るも無惨《むざん》なブ男だって、ビジネスで成功して大金を手にした瞬間、無理目だと思っていた姉ちゃんが興味を示すようになる。そんな女を抱《だ》いても意味がない？　願い下げだ？　いやいや、それならそんな女は選ばなければ良いだけだろう。諸君らは根本的に間違ってる。まずは大勢に興味を持ってもらうことが大事なのだ。

いいか？　ここに双子《ふたご》の男が居るとする。見た目も性格も何もかも殆《ほと》んど同じだ。ところが、片方は大金持ちで、もう片方は普通《ふつう》だとしたら、女はどちらの男により関心を払うと思う？　残念ながら金持ちのほうだ。金を持っているというのは、それだけで無視できない存在になっているのと同義なんだ。

何の取り得もない男が、ある日突然《とつぜん》、大金持ちになったとする。すると周囲は、あいつは金を持っていると、見方を変えざるを得ないのだよ。今まで気にも留《とど》めなかったはずの男に、ついつい興味が向いてしまう。何故か？　それは逆の立場から考えてみれば良い。

経済的に困窮《こんきゅう》していると、人間は余裕《よゆう》を失い狂気《きょうき》に走る。なんとしても金を得ようと躍起《やっき》になる。時に、貧乏《びんぼう》は人を殺す。それは自分に限らず、他人に向けられるかも知れない。私達はそうならないように自分を律して、日々働いているわけだ。

金持ちを羨む気持ちとは、つまりその恐怖《きょうふ》の裏返しなのだよ。そうはなりたくないと思う気持ちが、どうしたら自分も金持ちになれるだろうか？　という気持ちにつながり、成功者への羨望《せんぼう》に変わるのだ。

人間の魅力《みりょく》は肉体に宿るのではない。金を得る能力、それこそが魅力なのだよ。金で人の心を買おうというわけではない。そこは履《は》き違えないで欲しい。お金を持つことが悪いなんてことはあり得ない。そもそもお金持ちは偉《えら》いんだよ。

分かったかい。金があれば、モテる。それに、金を持っているという経済的な余裕が、魅力を相乗効果的に上げてくれる。ウィンウィンだ。ついでに余裕があれば、他人に優《やさ》しく出来るし、大らかになれるからね」

但馬の提示するにべもない真理を前に、エリックとマイケルがしゅんと項垂《うなだ》れる。

「先生。おっしゃる意味は分かるのですが……」「僕らにはお金を稼ぐ術がありません……」

「おいおい、諸君。もう忘れてしまったのかい？　私が最初、なんて言ってたかを」

「え？」「な、なんでしたっけ」

「私は秘密結社から、誰にでも出来る簡単なプログラムを手に入れ、世界的アーチストたちも、それを実践《じっせん》したんだと……」

二人の目がピカーっと輝いた。但馬は満足そうにスマイルすると、

「金持ち父さんと貧乏父さんのお話を知っているかい。お金持ちならみんな読んでいる名著さ。本の中で貧乏父さんは毎日必死に働いているのに借金まみれで、逆に金持ち父さんは悠々自適《ゆうゆうじてき》に暮らしているけどお金にはまったく困らない。彼らの違いは何か？　それは投資しているかしていないかだ。使わないお金は眠《ねむ》らしちゃ駄目。運用して、不労所得を得なきゃね」

「不労所得……」

「そう、不労所得さ。使っていないバジェットはアジャストして、イニシアチブを持ってリスケしたサムシングにインカムゲインしてもらえばいいんだよ。僕たちが開発したプログラムはその不労所得を最高のレバレッジでアウトライトをアービトラージでイフダンし、インターバンクでオフショアをオーダーするオーバーナイト取引なんだ。その結果が、パルスのファルシのルシがパージでコクーンになる。ね？　簡単でしょ？

おやおや、まだ分からないって顔をしてるね。大丈夫《だいじょうぶ》!!　もっと簡単に説明するから、

ちゃんと聞いてくれよな。

いいかい、このプログラム……えーっと、なんだ。あー……そうだ、オプーナは、親から子、子から孫へとプログラムを受け渡《わた》していくことで成り立つ集金システムだ。君らは俺《おれ》から、このオプーナを買う権利を得て、それをこいつならと思う五人に売るんだ。

そしてその五人もまた、おまえら同様にこいつはと思う相手に売っていく……。

ただしっ！　このオプーナを買う権利は貴重だから、タダでやるわけにはいかない……分かるだろう？　おまえらはオプーナを買う際に、秘密結社に銀貨一枚を、そして二代前にオプーナを売ってくれた親の親に感謝の気持ちを込めて銀貨一枚を渡さなければいけないんだ」

「親にはお金を渡さないいんですか？」「……先生。それでどうしてお金が増えるんですか？」

納得《なっとく》がいかないといった表情で、二人組の片方、確かマイケルの方が首を捻った。ここで我に返られてしまっては元も子もない。しかし、勢いだけで適当にくっちゃべっていたから、この先どう言えば良いか分からない。

「馬鹿だなあ、マイケルは……それがホントなら銀貨二枚が二十五枚に化けるぜ」

但馬がまごついてると、シモンが横から口を挟んできた。こいつ、まさか邪魔する気じゃないだろうな……？

「そ、それより……先生、俺にもそのオプーナを買う権利を下さい！」

「いいだろう、シモン君。君にこのオプーナを買う権利をあげよう」

逆だった。

盗み聞きしていたシモンが一番熱心に欲しがるとは思わなかったが、これがいい感じにサクラ効果を生み出し、残りの二人もまた我先にと欲しがるようになった。それどころか……。

「あの……失礼を承知で、先生。僕たちにもそれをゆずってはくれませんか？」

なんと、向かいのベンチに座っていたアベックまでもが欲しがったのである……君ら、今さっきまで自分らの憎《にく》しみの対象だったのだぜ？

「よろしい。我々結社は来るものを拒《こば》みません。すでに幸せそうなあなた方にもオプーナを買う権利をあげましょう」

幸せな相手を騙すのにまったく罪悪感を持たなかった但馬は、あっという間に五人から合計十枚の銀貨を巻き上げるのに成功すると、彼らに権利書を書いて渡してやることにした。

その辺で買ってきた羊皮紙に適当に『オプーナを買う権利。結社ハジマタル』などと日本語で書き入れて、鼻くそをほじりながら渡したら、

「先生、文字が書けるのですか？」「インテリゲンチャ！」

と、妙《みょう》なところに食いつかれた。まさか、こいつら字が書けないのか……識字率はどんなものなのだろうか。つくづくアンバランスな国である。まあ、そうでもなければ、こんなのに騙されやしないだろうが……。

そう言えば、識字率が低いせいで需要がないのか、羊皮紙も冗談《じょうだん》みたいな値段だった。日に焼けていて虫食っているＡ４サイズの紙が、五枚セットでなんと銀貨一枚もしたのだ。確か銀貨一枚が一万円くらいだったから、ただの紙切れが二千円である。ぼったくりだ。

しかし、どうせ巻き上げた金なのだから、ケチケチしても仕方ないだろう。但馬は気前よく羊皮紙を買うと、その場でオプーナを買う権利を次々と発行し、喜んでいるシモンたちを尻目《しりめ》にアホな時間を過ごしたものだな……と思いながら、さっさと姿を晦《くら》ませてしまおうと歩きかけた。すると、

「……あの……」

ガシッと襟首《えりくび》を掴《つか》まれ、喉《のど》がつまって盛大《せいだい》に咽《む》せた。

「何すんだ！」

と、抗議《こうぎ》の声をあげて振《ふ》り返ると、ブリジットがモジモジしていた。

「あ、君もなの？　いいよいいよ。いくらでもあげちゃうよ、俺」

苦笑いしつつ、但馬はまた五枚一セットの羊皮紙を買うと、彼女に権利書を恭《うやうや》しく手渡《てわた》した。

「君に、オプーナを買う権利をあげよう」

残った四枚が無駄になっちゃうなあ……とかケチ臭《くさ》いことを考えながら、
頬《ほお》を赤らめたブリジットは、まるで子供みたいに目をキラキラさせ、手にしたそれを高々と掲《かか》げて、嬉《うれ》しそうに日に透《す》かして眺《なが》めていた。

しかし、結論から言えば、その残った羊皮紙四枚は無駄にはならなかった。

それどころか、但馬はそれから数日間、街中の羊皮紙を買い占《し》めて、腱鞘炎《けんしょうえん》になるまで延々と文字を書き入れる作業を続けることになるのである……。

＊＊＊

「左団扇《ひだりうちわ》じゃあああああぁぁぁぁぁ～～～～～！！！！」

ホテル・グランドヒルズ・オブ・リディアの最上階ロイヤルスイートルームに、下品な声がこだました。肥え太った醜《みにく》い豚《ぶた》のような男が、今、ジャラジャラと音を立てて金貨の湯船にダイブしている。但馬である。

「ふはははははは!!　ちょろいっ！　ちょろいぜ、異世界!!」

オプーナを買う権利は……売れた。

あまりに売れるものだから、いい加減権利書を書くのがダルくなってきて、金貨一枚に値上げしたのにも関わらず、それでも売れに売れたのであった。

よもや、こんな簡単に大金が手に入るとは思わなかった但馬は濡《ぬ》れ手《て》に粟《あわ》のあぶく銭《ぜに》で、一躍リディア最大の大金持ちにまでのし上がった。この間、わずか七日である。

言うまでも無く、但馬がやったのは『ねずみ講』である。

繁殖力《はんしょくりょく》の強いねずみが倍々に増えていくことに因《ちな》み、取引が進めば、親元に倍々になった金が転がりこむという詐欺《さぎ》……ゲフンゲフン……マルチ商法である。これの巧妙《こうみょう》なところは、初めのうちは上手《うま》くいくので、一見すると誰も損しないように見えるところだ。

そうして、初期のうちの実際に儲《もう》かった者たちが、騙しているとも知らずに熱心に勧誘《かんゆう》を行うものだから、歯止めが利《き》かない。騙されるのも大抵は身内や親密な人だから、まさか自分が騙されるとは思わず、ついつい買ってしまう。そして、もしその人が儲かったとしたら……その繰《く》り返しである。

しかし、人口には上限があるから、やがて売る相手がいなくなり破綻《はたん》する。

事実、権利者数がリディアの人口十万に近づくと、全然権利が売れなくなってきて、但馬に突っかかってくる者も出てきた。

「これは、ここだけの話ですが……そういうときは、権利を自分自身で買い取ればいいのです。もし、あなたが自分の売る権利を五個買って、二十五人に売れば……たった銀貨七枚が、百二十五枚に化けますよ⁉」

「な、なんだってー‼」

しかし、そうやって欲をかいたものが、また詐欺の片棒を担ぐかのように大宣伝をしてくれるものだから、事態が収束するのはどんどん遅《おく》れた。ついには借金してまで権利書を買うような輩《やから》も出てきて、事態は悪化の一途《いっと》を辿《たど》っていったのである。

但馬はロイヤルスイートで『高級ーヒー』を飲みながら、窓辺に立ち眼下を見下した。

「ふぅ～……人がゴミのようだ」

ホテル・グランドヒルズ・オブ・リディアは今、但馬に返金を求め、蜂起《ほうき》した群集たちによって囲まれていた。金返せー！　詐欺師《さぎし》ー！　などと叫《さけ》ぶ怨嗟《えんさ》の声が心地《ここち》よい。しかし、どう頑張っても、彼らがこのホテルに入ることは不可能なのだ。

「先生……準備が整いました」

但馬がほくそ笑んでいると、背後から声がかかった。振り返ると、タキシードに身を包んだシモンが恭しく片膝《かたひざ》をついて臣下の礼を取っている。

「ご苦労……ふ～、そろそろ潮時か。ま、こんなケツ拭《ふ》く紙もないような国に、未練もない。さっさとずらかって、海外でよろしくやろうじゃないか。あ、エリック、マイケル、重いから気をつけてね？」

「はっ！」「ははぁー!!」

さらにタキシードを着た男二人が、さっき但馬がダイブしていた金貨風呂の中身を必死に袋詰《ふくろづ》めしている。

「先生。お早く。退路は我々が確保しておりますが、それも時間の問題です」

但馬たちが金貨をかき集めていると、鹿鳴館《ろくめいかん》みたいな格好をしたブリジットが、スカートの裾《すそ》をつまみながら走ってきた。彼女は抜《ぬ》き身《み》の白刃《はくじん》をぎらつかせ、廊下《ろうか》を警戒《けいかい》している。更に下の階には、別の軍人たちが群衆の侵入《しんにゅう》を防いでくれていた。

運がいいのか悪いのか……但馬が最初に子にしたのがブリジットたち、軍関係者であったから、初期のころ実際に儲かった人間には軍人が多くて、その殆んどが但馬に味方していたのだ。事が大きくなって但馬が狙《ねら》われるようになると、彼らは率先《そっせん》して、頼《たの》んでもいないのに但馬を警護してくれるようになった。因みに、その数は千を下らない。

そんなこんなで、あれよあれよという間に一大勢力を築き上げた但馬は、軍人が守ってくれるのをいいことに、ねずみ講で得た資金をかき集めて、今日、海外へトンズラする手はずとなっていたのである。

「みんな、ありがとう。俺はこの国からいなくなっちゃうけど、みんなのこと、三日間くらいは忘れないよ」

「先生！」「先生ぃぃ!!」「おおおぉ～っおっおっお……」「泣くなよ！　笑顔《えがお》でお別れしようぜ!?　……くっ」「おうぉ～っおっお……三日と言わず、四日も五日も忘れんでください！」

彼は、涙に暮れる仲間たち一人ひとりと挨拶《あいさつ》を交《か》わして裏口から逃げ出そうとした……。

ところがそんな時、

「近衛隊だあああああ！！　ぬわあああああ――――――――！！！」

階下から、緊迫《きんぱく》する断末魔《だんまつま》のような叫び声が上がった。

更に、ガチャガチャと鎧《よろい》を鳴らす音が響《ひび》いて、ロイヤルスイートに騎士《きし》たちが雪崩《なだ》れ込んできた！

「しまったっ！　ゆっくりしすぎたかっ!?」

窓の外を見れば、いつの間にか群衆を掻《か》き分けて、近衛隊が陣《じん》を組んでいた。中央では見たことのない隻眼《せきがん》の大男が腕組《うでぐ》みをして、じっとスイートのある階上を睨《にら》みつけている。

確かあれは、陸軍大将マーセル!?

やばい……但馬が大慌《おおあわ》てで逃《に》げ支度《じたく》を始めると、近衛騎士たちが一斉《いっせい》に飛び掛《かか》ってきた。

あわや、但馬の命運も尽《つ》きようとしたまさにその時……。

カイーン!! カイーン!! キンキンッ!!

と、ブリジットが騎士《きし》たちの攻撃《こうげき》を防いだ。

「な、なにィっ！！？」

動揺《どうよう》してギクシャクする騎士たち縫《ぬ》うように、彼女は二手三手と先読みした剣《けん》を次々と繰り出し、二桁《けた》には届きそうな騎士たちをたった一人で完全にさばいていく。

なんか強そうだなあ……とは思っていたが、ここまでやるとは思わなかった。鬼神《きじん》のごとき働きに舌を巻く。一体、どこにおっぱいをしまっているのだ？

「先生っ！ さああっ!! ここもそんなには持ちません！！！」

どこぞの卓球《たっきゅう》少女みたいにブリジットが叫ぶ。

「すまないっ！ 君のことだけは四日くらいは忘れないっさああ！！！」

負けじと但馬も卓球少女みたいに返すと、彼女が作ってくれた隙間《すきま》から廊下へ一目散に脱出《だっしゅつ》しようとした……。

ところが、その時、

「ブリジットォォォオオオオオ！！！！！　気をつけぇえええええ――――いっ！！！！」

前方からもの凄《すご》い一喝《いっかつ》が聞こえたかと思いきや、

「いぇっさあぁっーー！！！！！」

ブリジットはその声に釣られて、ピンとつま先立ちして、そのまま剣を放り出してしまった。まるでパブロフの犬みたいである。

すわ、何者か？　最強戦力を封《ふう》じられた但馬が慌《あわ》てて見れば、数日前に会ったことがある近衛副隊長のウルフが、怒髪《どはつ》が天を衝《つ》きそうな形相で立っていた。

「確保っ!!　確保ぉぉ――――!!」

剣を手放したブリジットが、あっという間に制圧される。

「うわーっ！　何をするのだあああああ！！！」

そのブリジットにおんぶに抱っこだった但馬には成すすべも無く、ゴミカスのように騎士たちにケチョンケチョンにされると、ずるずると返金を求める群集の間を引きずられて、憲兵隊詰所までしょっ引かれていくのであった。

こうして但馬は、一級政治犯として、刑務所《けいむしょ》に収監《しゅうかん》された。

この世界に来て、たった七日間ほどの出来事であった。

一章　5・絶対、出てってやるからな

　営倉二回。刑務所一回。留置所少々。こちらの世界にやってきて一週間、どんだけ鉄格《てつごう》子《し》付きの部屋で過ごしているのだろうか。それ以外は高級ホテルのロイヤルスイートだから落差が激しい。どうしてこうなった。

　取り合えず脱獄《だつごく》を試みようと、臭《くさ》い飯についてきたスプーンで壁《かべ》をガリガリやってみたものの、映画みたいには削《けず》れなかった。材質はコンクリート。硬《かた》くて丈夫《じょうぶ》で埒《らち》があかない。こいつに穴を開けるには懲役《ちょうえき》二年、ないし三年は必要であろう。多分、普通に服役《ふくえき》したほうがマシである。

　魔法《まほう》で吹《ふ》っ飛ばしておさらばしようか？　とも思ったが、中途半端《ちゅうとはんぱ》に現地人たちと仲良くなってしまったので気が引けた。

　ガチでお尋ね者になっちゃうのはなあ……っていうか、どうして自分が拘束《こうそく》されねばならないのか。法律には違反《いはん》してないはずなのに……してないよな？　……多分、してない……していないんじゃないかなあ……まあ、ちょっとは覚悟《かくご》しておけ。

ふて腐《くさ》れながらベッドで横になっていたら鉄格子がキキーッと開いて、
「偽勇者《にせゆうしゃ》。出ろ」
と、ウルフとかいう名の近衛《このえ》兵《へい》が、むっつりした顔で命令してきた。すでに夜も遅《おそ》いから、今日はもう誰も来ないと思っていたのに、何の用だろうか……リンチ？　逆らうとメッチャ怒鳴《どな》ってきそうなので、恐々《きょうきょう》としながら檻《おり》から出ると、彼は但馬《たじま》を拘束はせずに、黙って先導するように歩き始めた。

刑務所から出ると、今度は近衛兵が複数人待機していて、何も言わずに但馬のことを取り囲んだ。おしっこをちびりそうになりながら、小突《こづ》かれるようにして歩かされる。

一体どこへ連れて行かれるのだろうか？　不安に思いながら辿り着いたのは、あの中央公園、リディア政庁インペリアルタワーである。

五階まで吹き抜けのでっかいロビーを通り過ぎた奥《おく》には、吹き抜けの壁面《へきめん》を螺《ら》旋《せん》を描《えが》くようにして上る階段があって、それが五階まで続いていた。五階に着いたら着いたで、今度は別の階段が現れ、正直嫌《いや》な予感しかしなかったが、

「エレベータないの？」

と聞いたら、何それ？　って顔をされた。

馬鹿と煙《けむり》は高いところが好きと言うが……間違《まちが》いない。このビルの設計者は大馬鹿野郎《やろう》

だ。

ひいこらひいこら言いながら、結局最上階まで階段を上らされた。汗《あせ》だくになりながら、もしかしてこれって囚人虐待《しゅうじんぎゃくたい》なんじゃないの？　アムネスティとか何やってんの？　とも思ったが、近衛兵どもが鎧をつけたまま涼《すず》しい顔をしていたので黙るしかなかった。

ところで、なんで最上階まで連れてこられたかと言えば……。

「これからリディア王ハンスによる、おまえの裁判が執《と》り行われる。釈明《しゃくめい》の機会が与《あた》えられるのは一度きりだ。もし、嘘偽《うそいつわ》りが発覚すれば、仮におまえに罪がなくとも死刑《しけい》だ。肝《きも》に銘《めい》じて、悔《く》いのないよう答えよ」

「はああ⁉　ちょっと待て、今日捕《つか》まったばかりなのに、いきなり裁判？　釈明の機会は一度って……つか死刑⁉　おいおいおいおいおい‼　まずは弁護士を呼んでくれよ！」

「弁護士？　なんだそれは、何を言ってるんだ、貴様は……」

それはこっちのセリフである。

「弁護士ってのは、こう、法律の専門家っていうか……つか、裁判官とか居るんだろ？」

「法とは即《すなわ》ち王である。おまえの言う弁護士とやらは、王のことか？」

「……三権分立は？　司法権の独立は⁉」

かみ合わない会話に絶句している最中、但馬はようやく気がついた。

「……ここ、法治国家じゃねえんかぁぁぁあああ――――!!??」

「やかましい奴《やつ》だ……王の前でそんな態度を取ったら俺が容赦《ようしゃ》しないぞ」

「ちょちょちょ、ちょっと待って!? 俺は何も悪いことなんてしてないぞ。せめて、罪状を教えてくれ！ ください！」

「国家反逆罪だ……扉《とびら》が開くぞ、口を慎《つつし》め」

「反逆？ はあ？」

頭を小突かれバランスを崩《くず》し、たたらを踏《ふ》んででっかい扉の前で立ち止まると、自動ドアみたいにスーッと観音開いて、部屋の中心へと続く赤絨毯《じゅうたん》が目に飛び込《こ》んできた。

一フロアをまるまる使った部屋の中は、無駄《むだ》に広くて白い壁に覆《おお》われており、コテコテなバロック調の装飾《そうしょく》があちこちに散りばめられた柱が、左右に何本も立っていた。部屋の奥の方は数段高くなっており、そこに玉座が置かれ、白髪《しらが》のヒゲを蓄《たくわ》えた中肉中背の老人が座っていた。

王と言うから、王冠《おうかん》を被《かぶ》って煌《きら》びやかな衣装《いしょう》を身にまとっているかと思いきや、全然そんなことはなく、開襟《かいきん》シャツを着て、背広を肩《かた》に引っかけて、折り目のついたスラックスを穿き、長い足を組んで実にリラックスした格好で但馬を迎《むか》えた。

あっけに取られたが、すぐさま気を取り直し、左のコメカミをちょんと叩《たた》く。

『Hans_Gaelic.Male.Human, 177, 60, Age.79, 88, 83, 88, Alv.11, HP.54, MP.3, lumbago. Status_Normal,,,, Class.King_of_Lydia.Marquis_of_Etruria, Lydian,,,, Sword.lv10, Command.lv8, Unique.Artifact.Proprientary.lv6, Claiomh_Solais.Equipment.lv0,,,,』

名前は……ハンス・ゲーリック。何か有利になりそうな情報がないかと目を走らせたが、残念ながら特に見当たらない。せいぜいALVが0でない珍《めずら》しい人種の一人らしいというくらいだった。しかし、その点を指摘《してき》したところで現状なんの役にも立たないだろう。あとは腰痛《ようつう》持ちというくらいだが……笑いを取って、ぎっくり腰《ごし》でも誘発《ゆうはつ》したら勝てるだろうか……勝ってどうする。

押し出されるように玉座の前まで進むと、ウルフにぐいっと頭を押さえつけられ、跪《ひざまず》かされた。

「許可するまで、絶対に顔を上げるな」

彼は但馬の耳元でそう呟《つぶや》くと、王の前に進み出て恭しく一礼し、そのまま玉座の少し手前に立って、鞘《さや》のまま剣を床《ゆか》に突《つ》きたてた。そういえば近衛兵ってことは、王を守るナイトでもあるということか……目線だけでそれを追っていると、

「面《おもて》を上げよ」

と声がかかったので、恐《おそ》る恐る顔を上げる。

間近で見た王は、年相応というかなんというか、思ったよりも威圧感《いあつ》がなくて温厚《おんこう》そうな老人だった。ちょこちょこした白ひげを蓄え、顔には深い年輪が刻まれている。足首は細くて、手の甲《こう》は皺《しわ》くちゃだったが、しかしその眼光は鋭《するど》く、ひと睨みされるだけで射すくめられるような迫力《はくりょく》があった。きっと若い頃は精悍《せいかん》な顔つきだったに違《ちが》いない。

但馬は髪をかきあげるフリをして、右のコメカミをちょんと叩いた。

レーダーマップの光点は八つ。玉座から少し離《はな》れた場所に、大臣らしき小太りのオッサンが三人と、発言を記録するための秘書官らしき若い男が居て、あとは王様とウルフと但馬……そして、不測の事態の備えだろうか？　柱の陰《かげ》にもう一人潜《ひそ》んでいるようだった。だだっ広い空間で、ここにばかり人が集中しているのは、ちょっと間抜《まぬ》けだ。もちろん口には出さないが。

「その方、名をなんと申す」

隙がないかと人間観察をしていたら、王様から声がかかった。もちろん、すぐに答えなければいけないのだろうが、但馬は一瞬躊躇《いっしゅんちゅうちょ》した。先ほどのウルフの台詞《せりふ》を思い出す。

『嘘偽りが発覚すれば、仮におまえに罪がなくとも死刑だ』

駐屯地《ちゅうとんち》で散々嘘《うそ》つき呼ばわりされた記憶《きおく》が蘇《よみがえ》り、ここで本名を名乗っても、事態の悪化を招くだけなんじゃないか？　どうせ周りは知らない人だらけだ。本名を名乗らねばならない縛《しば》りがあるわけでもないし、いっそ偽名《ぎめい》を名乗った方が、もしかしたらこの際、正解かも知れない。しかし……

「俺の名前は、但馬波留《はる》です」

但馬は結局、本名を名乗った。

十九年間、これでやってきたのだ。何が悲しくて嘘を吐《つ》かねばならんのか……それに、下手に偽名を使ってボロを出しても馬鹿らしいし、だったら初めから堂々としていた方がマシだろう。

案の定、玉座の周りの人たちからどよめきが上がった。エトルリアのお姫様《ひめさま》のときもそうだったが、彼らからすれば王が馬鹿にされてるように感じてしまうのだろう。

しかし、そんな大臣たちと対象的に、王はさして気にすることもなく、

「ほう……その方、勇者を騙《かた》るか」

「いや、嘘じゃないんですって。本当にこの名前でずっとやってきたんです」

「ふむ。勇者に因んで、両親が名をつけたのか？」

「いいえ、親は何も知らないと思いますよ。本当にただの偶然《ぐうぜん》の一致《いっち》です。俺からしてみれば、勇者こそ、どうして俺の名前と被ってやがんだって、迷惑《めいわく》に思ってるくらいなんですけど……」

「貴様、口を慎まんかっ!!」

なんで怒《おこ》るの？　理不尽《りふじん》なウルフの一喝が飛んでくる。

「止《よ》さぬか、ウルフ！」

王が鋭く制すると、彼は歯噛《はが》みしながらその場で但馬を睨んできた。怖《こわ》い。これは本気で、いざとなったら魔法をぶっ放して逃げることも考えねばならないかも知れない……。

但馬は流れ出る冷《ひ》や汗を背筋に感じながら、魔法メニューを開き、どれを使えばいいのやらと吟味《ぎんみ》し始めた。

「時に、お主は魔法を使えるそうじゃな？」

あまりタイミングの良さに、背筋が凍《こお》った。まさか魔法を使おうとしているのが、バレているのか？　営業スマイルを向けたが、内心ハラハラしっぱなしである。

「聖遺物《アーティファクト》もなしに奇跡を行使したと聞き及《およ》んでおる。相違《そうい》ないか？」

「……あーてぃふぁくと？」

こりゃまた中二的な響きである。聖なる剣とか魔法の杖《つえ》とか、そんなのだろうか？　突然出てきた単語に、やはりファンタジー世界だなあ、と感心しつつも、もちろんそんなものは持っていないので、

「ええ、まあ。そんなもの生まれてこの方見たこともありませんが」

と返事した。

するとと、また周囲の大臣たちからどよめきが起こった。今度は怒っているというより、戸惑っているといった感じで、妙な緊張感《きんちょうかん》が漂《ただよ》っている。何かまずいことでも言ってしまったのだろうか……？

「ふーむ……儂《わし》の知る限りでは、そのような者はエトルリア貴族でも一握《ひとにぎ》りしかおらぬと聞くが……」

「貴族？」

「左様……通常、魔法を行使するには、依《よ》り代《しろ》となる聖遺物が必要なのじゃ。その聖遺物を持つのが貴族。持たぬ者は、魔法は使えぬ。居るとしたら、そんなのはエルフくらいのものじゃろう」

「でも、知り合いの女の子がヒールを使ってましたけど？」

「ヒール魔法と、お主が使うような攻撃魔法《こうげきまほう》は別物じゃ」

そうなのか。知らなかった。それじゃ攻撃魔法を気にせずポンポン撃《う》っていたら、おかしな奴と奇異《きい》の目を向けられてしまうというわけか。だとしたら、今後は迂闊《うかつ》に使わない方がいいだろう……。

しかし、これではっきりしたが、やはりこのメニュー画面が見えているのは但馬だけで間違いないようだ。なんで、自分にだけこんなゲームみたいなインターフェースがくっついているのだろうか？　レベルやＨＰＭＰなども他の人達《たち》は気づいていないようだし……

「いったい、お主は何者じゃ？　どこからこの国に紛《まぎ》れ込んだ」

王は探《さぐ》るようにじっと但馬の目を覗《のぞ》き込んでいる。そんなのこっちの方が聞きたいくらいだ。但馬は彼の視線を避《さ》けるように、明後日の方を向いて後頭部を掻いた。

さて、なんと答えれば良いのだろうか……？　こればっかりは本当のことを言っても信じてもらえる自信がない。出身は千葉県です。気がついたら異世界にいました。実は、自分は月が一個しかない地球という名の惑星《わくせい》からやってきたんです……うむ。死刑執行《しけいしっこう》待ったなしだ。しかし、これが嘘偽りない真実なのである。

困った。どうしよう。なんと言えば彼らは納得してくれるだろうか。やはり、デタラメを並べるしかないのだろうか。それはそれで、ボロが出ないか不安であったが、

「ブリタニア……」

「うむ？」

「南の海に、ブリタニアって島国があるのは知ってるんですよね？　俺はその国から来ました」

但馬がそう言うと、三度場がどよめいた。今度は嘲笑《ちょうしょう》の混じった、嫌などよめきだった。

どうやら大臣たちは、但馬が端《はな》から嘘をついていると思っているようだった。

「何をバカなことを……よもや貴殿《きでん》、南方からこの大陸へは、海を渡ってくることは出来ないと、知らぬはずがあるまい？」

大臣の一人が鼻でせせら笑っている。他の二人も彼《かれ》に同調するように、尤《もっと》もらしく相槌《あいづち》を打っている。王はつまらない答えだと言わんばかりにため息を吐いた。

しかし、ぶっちゃけそれが狙いだった。

「そりゃあ、あんたたちの常識でしょう？　俺たちの国には、海流に逆らい、向かい風にも逆らって船を走らせる技術がある。俺はそういう船に乗ってやってきたんですよ」

但馬は嫌な空気を打ち払《はら》うかのごとく、胸を張って高らかにそう宣言した。

実はこの世界に来た初日、シモンに勇者の話を聞いたとき、おいおいマジかよ……と呆《あき》れていたのは、勇者が海流任せの無謀《むぼう》な航海をして来たということではなく、この世界には外洋を航行する技術がないという点だった。

彼らが海流に逆らえなかったのは、恐らくこの世界ではまだ手漕《てこ》ぎのガレー船が主力だからだろう。そして向かい風に逆らえないというのは、彼らがラテンセイルのような三角帆《ほ》をまだ発見していないからだ。

おそらくこの世界には、まだ地中海みたいな内海の航海技術しかないのだ。だから、この話に食いついてくれれば、ウインドサーフィンでもやってみせ、それが出来ると納得させれば良い。実際に、南から来た人間はいないのだから、後は口八丁で何とでもなるはずだ。

但馬は、腹の中でそんな皮算用をしつつ、さあこい、質問してこい……と待ち構えていた。ところが、

「止さぬか……聖遺物もなく魔法を使えるのであれば、風などいくらでも起こせるじゃろうて」

「確かに、王のおっしゃる通りですが……にわかには信じられませんなあ」

なんだか、全然別の方向で、彼らは納得してしまったようである。あれー？

まあ確かに、そういう方法でも海を渡ってくるのも可能かも知れないが……そんなんで良いのか？ 蒸《む》し返しても仕方ないし、但馬は釈然《しゃくぜん》としない気持ちを抱《かか》えたまま、それを受け入れることにした。

ところで、話は脱線《だっせん》していたが、

「まあよい……お主が本当に南の島から来たかどうかは保留にしておこう。それより、そろそろ時間が惜《お》しい。では、但馬よ。今回の裁きを申《もう》し渡す」

元々、但馬は投獄《とうごく》されて、裁判のためにここに連れてこられたはずだった。

もちろん、そんなの冗談ではないから、彼は慌てて異議を唱えた。

「ちょちょちょ、ちょっと待ってください！」

「なんじゃ。申し開きがあるなら言ってみよ」

「ありますあります。そもそも、俺がどうして捕まったのか、納得がいかないんですよ。俺が何をしたっていうんです？　確かに、俺は沢山《たくさん》の人々から金を集めて、中には損失を被った人もいるでしょう。しかし、彼らが損をしたとしても、それは欲をかいた者の自業《じごう》自得《じとく》じゃないですか。俺が支払《しはら》いを強要したわけでもありませんし、法律に違反したわけでもない。それなのに、俺だけが全ての責任を背負わされるのはおかしいでしょう？」

「ふむ」

「街を混乱させたことは認めます。憲兵隊、近衛隊の方々のお手を煩《わずら》わせたことも不徳の致《いた》すところです。でも、それだって、そもそも損失補填《ほてん》を求める群衆が大騒《おおさわ》ぎしたのが原因ですし、糾弾《きゅうだん》されるべきは彼らの方だと思うのですが。そう思いませんか？　そう……寧《むし》ろ、俺は被害者《ひがいしゃ》のはずだ。あなた方が守るべきは、無辜《むこ》の善良な民である、この俺の方なんじゃないですかねえ？　なのに、その俺が、どうして国家反逆罪なんて身に覚えのない罪に問われなきゃならないのですか。納得いきませんよ!!」

「なるほど」

王は片手で頬杖《ほおづえ》をつきながら、

「しかし但馬よ。お主はこの商品が、すぐに破綻することを知りながら、そのことを伝えずに販売《はんばい》したな？　この方法では、ねずみ算式に会員が増え、すぐに人口の上限に達してしまう。具体的に、この国では七代が限界じゃった。違うか？」

「ぎくーっ！」

「尤も、それを禁じていたわけでは無いからのう……罪には問えんが」

「だっだだだ、だったら！」

と、尚《なお》も食い下がろうとする但馬を手で制し、王はニヤリとした笑《え》みを浮《う》かべながら、

「ところで但馬よ。此度《こたび》、お主が集めた金は、いかほどだったかのう？」

なんでそんなことを聞くのだろうか……？　と思いながらも、

「えーっと、最終的には……確か金貨十万枚くらいでしたかね」

但馬がそう答えた瞬間《しゅんかん》、まるでお通夜《つや》のようなため息があちこちから漏《も》れてきた。大臣たちが頭を抱えている。なんだなんだ、この雰囲気《ふんいき》は？

王は頬杖をついたまま、苦笑《くしょう》しながら大臣の一人に尋《たず》ねた。

「大臣よ。今年のわが国の国家予算はいくらだったかの」

「はっ！　金貨、六十五万枚になります」

「国内の貨幣《かへい》流通量は？」

「本年に金二百五十万枚を突破《とっぱ》いたしました」

数字を聞いて、ぎょっとした。ぶっちゃけ、自分の集めた金の価値が分かっていなかった。金貨十万枚といっても、風呂《ふろ》に入れてダイブするくらいしか、その使い道を思いつかなかったのに……但馬は白目を剥《む》いた。

「さて、但馬よ。お主はこの金をどうしようとした？」

「どうするもこうするも、その前にとっ捕まりましたが……あっ！」

王が何を言わんとしているのか、すぐにはその意味が分からなかった。しかし、その意味が分かると、但馬は自分がどうして捕まってしまったのか、瞬時《しゅんじ》に察することが出来た。

彼は金貨十万枚という大金を持って国外へ逃亡《とうぼう》しようとしていた……つまり、国家予算のおよそ六分の一の貨幣が、流出の危機に晒《さら》されていたのだ。

もしもそれだけの金を持ち出されてしまったら、一体この国はどうなってしまっただろうか？　阿鼻叫喚《あびきょうかん》のデフレスパイラル、大恐慌《だいきょうこう》まっしぐら、国家破綻だってあり得ない話じゃないだろう。

国家反逆罪とは、つまりそういうことである。

「理解したようじゃのう。お主は、この金を持って、国を出ようとしてしまった」

それを禁じる法律があるわけじゃないから、ねずみ講に関しては、手を拱《こまね》いているだけで何も出来なかった。しかし、こちらは無視できるわけがないというわけだ。

現実世界でも、自国通貨を海外へ持ち出せる上限が決まってる国なんてザラにある。多分、この国でもルールがきちんと制定されているのではなかろうか。

国内に留《とど》まっていれば、国家権力と言えどもすぐには手が出せなかったかも知れない。しかし、但馬が暴動の圧力に屈《くっ》して、この国からおさらばしようとしたものだから、これ幸いと彼らは但馬をしょっ引いたというわけである。

許すまじ、愚民《ぐみん》ども。次はロイヤルスイートからおしっこ引っ掛《か》けてやる……但馬はギリギリと奥歯《おくば》を噛《か》み締《し》めた。

「さて、大臣よ。この場合、刑罰《けいばつ》はどのようなものが妥当《だとう》かの」

「はっ！　私財没収《ぼっしゅう》の上、国外退去がよろしいかと」

「まあ、そんなものか。では、但馬よ。お主に沙汰《さた》を申し渡《わた》す」

「そんなあ〜……とほほほほ……」

但馬はうな垂れながら王の沙汰を聞いていた。

思えばこの世界へ来て一週間、さまざまなことがあった。営倉に入れられたり、刑務所に入れられたり、下痢《げり》便で死に掛けたり、オプーナの権利書を書いたり、権利書を書いた

り、権利書を書いたり……こうして思い出すと、割とどうでもいいことしかなかったが、それなりに楽しい一週間だった。

ブリジットやシモン、新たな仲間のエリックとマイケル。彼らと面白《おもしろ》おかしく過ごした日々は忘れられない思い出だ。そんな彼らと別れを告げることも出来ずにさよならなんて……まあ、別にいいけども。

「が、何もかも奪《うば》ってしまうのでは可哀相《かわいそう》じゃからのう……」

などと、どうでもいいことを考えている時だった。

捨てる神あれば、拾う神あり。尤も、この場合は紙であったのだが……。

なにやら含《ふく》みを持たせた王の言葉に、但馬は期待に満ちた顔をあげる。王はその瞳《ひとみ》をじっと見つめると、探るような口調で尋ねてきた。

「時に但馬よ……お主、ホテルから逃げようとした際、『こんなケツ拭く紙もないような国に、未練もない』と言っていたそうじゃな？」

「え？　……ええ、まあ。別に悪口じゃないっすよ？　……てか、誰《だれ》に聞いたの？」

「権利書を書く際、失敗した羊皮紙をまるでゴミのように丸めて捨てていたとか」

「……？　そりゃ、ゴミですからねえ」

はて？　何が言いたいんだ、この人は……。

但馬が首を捻《ひね》っていると、王は大臣たちと目配せをしあい、頷《うなず》きあってから、また彼に向き直り、

「もしや、お主の国では、紙は貴重品ではないのか？」

「へ？　そりゃあ……」

言われて、ハッと気がついた。

そういえば、最初に権利書を作るために羊皮紙を買った際、とんでもないぼったくり価格だと憤慨《ふんがい》した覚えがある。その後、それ以上の金を動かしていたせいで、金銭感覚が麻《ま》痺《ひ》していたが……。

思えば、駐屯地の便所でブリジットにトイレットペーパーを持ってきてくれと頼んだときも、かなり驚《おどろ》かれていたような気がする。この国の人からしてみると、それは本当に驚くべきことだったのだ。

羊皮紙も紙も、見た目あまり変わらないから気づかなかったが……もしかして、この国には……いや、この世界には、植物を由来とした紙がまだ存在しないのではなかろうか？

「もしも、そうであるならば、但馬よ。お主にチャンスを与えよう」

王が何を言うかは、言わずとも知れていた。

王は命じた。紙を作って持ってまいれと……。

＊＊＊

『リディア王ハンスは但馬波留に対し、紙製作を命じる見返りに、
一、五日毎《ごと》に金一枚を支給する
一、開発資金は国が全額保障する
一、成功の暁《あかつき》には、五年間の専売を許可する。ただし、貿易権は除外する
一、成功報酬《ほうしゅう》として、金一千枚を与える
一、製法はリディア国にのみ開示し、他国には絶対秘匿《ひとく》とする
一、開発期間は最長百日間までとする』
リディア王との契約《けいやく》を取り交わすと、但馬はそんな日数は必要ないと言ってから、また来た時みたいにウルフに小突かれ去っていった。

彼が出ていった後、大臣たちは、こんな契約を出自も定かでない輩と結んでも本当に良かったのか？　と不満げに諫言《かんげん》してきたが、王が疲《つか》れているのを見てとるや、それ以上は

追及せず、書記官の男が書類を整理するのを待ってから、恭《うやうや》しく一礼して謁見《えっけん》の間を出ていった。

王はそんな彼らを見送った後、たっぷり一分くらい、じっと閉じられた鉄の扉を見つめていたが……やがて呼吸することを忘れていたかのように、プハーッと大きく息を吐き出すと、背もたれに全身を預けて椅子《いす》からズリズリとずり落ちていくのだった。

大臣やウルフは彼のことを軽《かろ》んじていたが、正直、生きた心地はしなかった。目の前にいる男が、噂《うわさ》通りの魔法使《まほうつか》いであったなら、自分たちはとっくに死んでいてもおかしくないはずだ。それなのに、あの但馬という青年は、そんなことを微塵《みじん》も感じさせなかった。

……あれは本当に何者だったのだろうか？

と、その時、誰も居なくなるのを待っていたのであろう、柱の陰《かげ》からフラリとブリジットが現れた。

彼女《かのじょ》は王のだらしない姿を見ても顔色一つ変えず玉座の前まで歩み寄ると、腰《こし》に佩《は》いていた剣を鞘ごと引き抜き、片膝をついて、恭しく王にそれを差し出した。

「ですから、そんなに緊張せずとも、大丈夫《だいじょうぶ》だと申し上げたじゃないですか」

王は取り繕《つくろ》うように椅子に座《すわ》り直すと、そう言う彼女に向かって、

「会ってみんことには、分からんこともあるじゃろうて……それより、それは、そなたが

持っておくのが良かろう」

「よろしいのですか？」

「これから必要になるやも知れん。クラウ・ソラス！」

王がそう言い放つと、クラウ・ソラスと名付けられたその剣は、突然《とつぜん》ブーンと機械音のような振動音《しんどうおん》を発し、続けて淡《あわ》い緑色の光を放った。ブリジットが剣の柄《つか》を逆手に握《にぎ》り、鯉口《こいぐち》を少し切ってから鞘に戻《もど》すと、それは程《ほど》なくして収まった。

「謹《つつし》んで、拝領いたします」

彼女は剣を頭上に捧《ささ》げ持ち、王に深々と頭を下げた。それはリディア王家に伝わる聖遺物、つまり魔法の依代である。彼女はそれを王から下賜《かし》されたのだ。

そんな彼女から、妙《みょう》な男の話を聞いたのは一週間前のことだった。

このリディアの地には時折勇者が現れる。もちろん、大抵《たいてい》は勇者の名を騙る詐欺師《さぎし》の類であったが、中には本気で彼を崇拝《すうはい》している者もいたので、強く取り締まることは出来なかった。

何しろ、この国は勇者に借りがある。そして北大陸から渡ってきた勇者の信奉者《しんぽうしゃ》たちには、この地に富をもたらす者も大勢いたからだ。だから、害を為《な》さない限りは、基本的に勇者病は放置していた。

しかし一週間前に現れた男、但馬は少し様子が違った。やけに世間知らずな言動が目立つと思いきや、妙に知識が豊富でもあり、口八丁と手八丁で信じられないくらい大金をせしめたかと思えば、それで何するわけでもなく、仲間と金持ちゴッコに興じていたらしい。極《きわ》め付けは聖遺物なしで魔法を操《あやつ》るというのだ。

聖遺物なしで魔法を行使することなど、普通《ふつう》なら出来ない。だから初めて報告を受けたときは、何かのトリックだと思った。だが、たまたま現場に居合わせた、聖人として名高いエトルリア皇女リリィが「あれは本物」と太鼓判《たいこばん》を押《お》したことで、無視が出来なくなった。

何者かは分からぬが、野放しにはしておけない。だから、鈴《すず》代わりに孫娘《まごむすめ》のブリジットを見張りにつけたのであるが……そんな彼女も、いつの間にか但馬のペースにノセられ大《おお》騒動《そうどう》に巻き込まれ、先程《さきほど》まで近衛隊にコンコンと説教されていたそうだから始末に負えなかった。

その孫娘が、何故《なぜ》かどことなく誇《ほこ》らしげに言う。

「で、どうでしたか？　私の言ったとおりでしょう。飄々《ひょうひょう》として掴《つか》みどころがなくて、適当なことを言ってそうで、ちゃんと筋が通ってて。付き合ってみると分かりますけど、あの先生恐ろしく博識ですよ。何を見ても動じることがありません。とてもリディアに初めて来たお上りさんとは思えませんでした」

だから、どこからやってきたのかが気になった。リディアに住む者の贔屓目《ひいきめ》もあるが、この街は世界でも随一《ずいいち》の発展を遂《と》げた都市である。故に、商人も旅行者も、リディア首都ローデポリスへ来た者はみんな、その空を覆いつくす摩天楼《まてんろう》に少なからず驚きを覚えるはずなのだが……。

あの男はまるで興味を示さず、あろうことか南からやってきたと言い張るのだ。

「言うに事欠いて、ブリタニアから来たか……ブリジット。お主はどう思う？　やつは本当に海を渡ってきたと思うかの？」

「どうでしょう？　嘘をつかれていたとしても、確かめようがありませんからね」

「そうじゃな……となると、やはり別の方法で試《ため》すよりあるまい」

王はそう呟くと、思い出し笑いをするように、ふっと顔を綻《ほころ》ばせて、

「それにしても、紙でのう……本当なのじゃろうか？」

「さあ？　でも嫌んなるくらい、いつもボヤいてましたよ。あの先生、弱いくせにお酒が大好きだから、毎朝トイレに篭《こも》っていたんですけど、そのたびに紙がぁ～紙がぁ～って……あまりにしつこいから、部下たちがからかって、トイレの上からバケツでザバーッと水をかけたんですけど。でも、大騒ぎするくせに、怒らないんですよ、あの人。本当なら

消し炭にされててもおかしくないのに……」

魔法使いになるには、生まれ持った素質と、聖遺物に選ばれるという二つの要素が必要だった。おまけに、戦場にあって一騎当千《いっきとうせん》のその能力を各国がこぞって欲《ほ》しがることもあり、基本的に魔法使いは選民意識が強く、得てしてそういう者は怒りっぽかった。

しかし、但馬は魔法を使う素振《そぶ》りも見せなければ、偉《えら》ぶるようなこともまったくしなかった。あまりにもしないから、ブリジットなど一部の者を除けば、彼が魔法使いであることを誰も知らないくらいだった。

聖遺物なしで魔法を行使する魔法使いなぞ危険極まりない存在であるが、考えようによっては、どの国でも破格の待遇《たいぐう》で迎えられておかしくない能力者でもある。だからブリジットの推薦《すいせん》もあって、今回は直接会ってみたのだが……。

「本当に、おかしな男じゃった」

「ですねー」

「それに、あの黒目黒髪《くろかみ》……あれは勇者殿《どの》の特徴《とくちょう》と似ておる。タジマ・ハルを名乗るからには、もしかすると本当に何か関係があるのやも知れぬが……」

リディア王は勇者と会ったことがある。勇者は生きていれば齢《よわい》八十を超《こ》える老人である。だから彼と勇者は別人であると断言出来るのであるが……。

血縁者《けつえんしゃ》という可能性ならなくはない。しかし、もしそうなら、隠《かく》す理由もない。彼が勇者の名を称《しょう》しながらも、勇者とは関係ないと言い張る理由はなんなのか……。

「なんにせよ、本当に紙を作って持ってくることが出来るのであれば、この国にとって利益にもなろう。それでも、あやつがブリタニアから来たと言い張るのであれば、信じてやらんこともない。だからビディや、もう暫《しばら》く見張っていてくれんかの」

「かしこまりました」

「それまで、決してあやつを怒らせるでないぞ。へそを曲げられて、街を破壊《はかい》されたり、他国へ逃《に》げられでもしたらコトじゃからのう……」

そう言って眉《まゆ》を顰《しか》めた王は、昔のことを思い出していた。

今よりおよそ六十年前。かつてこの地にまだ国はなく、街もなく、家すら建てられずに、人々は怯《おび》えるようにして暮らしていた。そんな状況《じょうきょう》を打破するために、剣《けん》を振《ふ》るい、魔法《まほう》を駆使《くし》して、エルフを打ち倒《たお》し、森を切り拓《ひら》き、勇者と共に駆《か》け抜《ぬ》けた輝《かがや》かしい日々を……。

数多くの発明品をもたらし、産業を興《おこ》し、人々を力強く導く彼がいたからこそ、リディアは世界に冠《かん》たる貿易国として、ここイオニア海の覇者《はしゃ》となった。

だがそんな彼も結局、この地から去っていってしまった。それは彼が新天地を求めたわけではなく……彼と、かつての自分との意見が食《く》い違ったのが原因だった。

王はこの国だけを守れれば良かった。

しかし、勇者は世界を守ろうとしていたのだ。

「今度こそ、仲違《なかたが》いしてはいけない……今度こそ……」

王は目を閉じそう呟いた。その瞼《まぶた》の裏には、かつての勇者と但馬の姿が重なって見えていた。

＊＊＊＊＊＊＊＊＊＊＊＊＊＊＊＊＊＊＊＊

一方その頃《ころ》。

「おんどりゃああ！　国王様が許してもワイらが許さへんでぇぇぇ――――っ!!」

「ぴぎぃぃぃ――――!!　すんません！　すんません！！！」

謁見の間から下がらされると、但馬はいきなりウルフに蹴《け》り飛ばされ、そのまま階段を転げ落ち、待ちかまえていた近衛《このえ》兵《へい》たちに袋叩《ふくろだた》きにあった。

「どんだけ迷惑かければ気が済むんだ、このお馬鹿！」「おまえのせいで、朝から出ずっぱりで飯も食っておらんのじゃあ！」「なのに超過《ちょうか》勤務手当が出ないんだぞ！　どうしてくれる!!」「この詐欺師っ！　ペテン師っ！」「私のオプーナを買う権利も払い戻してよっ！」

中には個人的な恨《うら》みをぶつけてくる近衛兵たちの間から、但馬は四《よ》つん這《ば》いになってゴキブリのようにシャカシャカ逃げ出すと、転げ落ちるように階段を下りていった。

「殿中《でんちゅう》でござる殿中でござる!!」

ほうほうの体《てい》でどうにかこうにかインペリアルタワーから外へと出ると、但馬は荒《あら》い息を吐きながら膝《ひざ》に手をつき汗《あせ》を拭《ぬぐ》った。

「つか……ぜぇぜぇ……エレベータ無しの十五階建てって、マジでありえないだろう……はぁはぁ……あったまおかしいよ、この国」

見上げると、二つの月に照らされたビルのシルエットが浮かび上がっていた。見栄《みば》えは確かに良いのだけど、もう二度と近づきたくないと思いながら、但馬は逃げるようにその場から去った。

「……ぺっ！」

ホテルに戻ると、出てきた支配人にいきなり唾《つば》を吐きかけられた。

「ぎゃっ！　汚《きたな》い！　なにすんだ、こんちくしょう!!」

「どの面《つら》下げて戻ってきたんだ!!」

「金なら一か月分前払《まえばら》いしてただろうがっっ!!」

「この惨状《さんじょう》を見て、よくもそんなことが言えるな！」

ホテル・グランドヒルズ・オブ・リディアの玄関《げんかん》はそれはそれは酷《ひど》いことになっていた。

飛び散る生ゴミ、耐え難《がた》い腐臭《ふしゅう》、あちこちに刻まれた金返せの落書き、窓は破られ、ドアは破壊され尽《つ》くしている。但馬を拘束《こうそく》するために突入《とつにゅう》した近衛隊と応戦した兵士たちとの戦闘で、上階は水浸《みずびた》しになっており、文字通り酷い有様であった。

但馬は目の前でバタンと閉じられた玄関をドンドンと叩《たた》く。

「おいっ！　開けろ！　開けろこんにゃろ!!」

すると、ザバーッと頭の上から水をぶっ掛けられた。なにこれ……

それを見ていた通りすがりの酔《よ》っ払《ぱら》いが、鼻歌交じりに笑い声を上げた。

「お！　詐欺師の兄ちゃんじゃねえか。ぎゃははははっ！　ざまあ!!」

足元がなんか温《ぬく》いと思ったら、犬が小便を引っ掛けていった。

ちくしょう……ちくしょう……。

ある日、突然、無一文で異世界に放り出されてから一週間が経過した。

右も左も分からぬ中で、使えるのは大量破壊兵器みたいな単発魔法のみ。

おまけに生きていくためには金を稼《かせ》がなければならないが、やることなすこと既《すで》に

先駆者《ゆうしゃ》にやられてる始末。

そんな縛りプレイみたいな状況の中で、どうにかこうにか打開策を見つけ、ついに唸《うな》るような大金を手に入れたというのに……。

それも全て没収されて、また無一文に逆戻《ぎゃくもど》りだ。こんなジェットコースターみたいな人生、カイジだってありえないぞ……。

見上げれば二つの月が浮かんでいる。

但馬は叫《さけ》んだ。

「絶対、出てってやるからなっ！　こんな国っっ！！！」

トボトボと歩き去る背中が煤《すす》けていた。これは詐欺師と蔑《さげす》まれ、後にソープ王と呼ばれた男の異世界サクセスストーリー。

幕間『ユーテンシル』

「金に目が眩《くら》んだんです……」

ホテル・グランドヒルズ・オブ・リディアの支配人は後に語った。

「あの時、奴《やつ》を追い返してさえいれば……」

ローデポリスの中で最も人で賑《にぎ》わっているのは、十五階建てのインペリアルタワーがある公園からまっすぐ城門へ向かう大通り（公園通り）であるが、全体的な通行量に関して言えば、その公園通りと直角に交わるメインストリートの方が上だった。

単純に、公園通りはタワーと城門を結ぶせいぜい1キロ程度の短い距離《きょり》でしかないのに対し、海と平行に走ってるメインストリートは数十キロも延々続くからだ。

建国以来の旧街道《きゅうかいどう》として親しまれているその通りは、元々は国王の住まう高台の居城から下りてくる城下町通りから、国民が左右に脇道《わきみち》を延《の》ばしていって自然に形成された生活用道路だった。それがリディアの人口が増えるに従いどんどん延伸《えんしん》し続け、今では数十キロにも及ぶ立派な道路になったというわけである。

そんなわけで、街の中心が公園通りに移った今でも、市民は主にこっちを利用しており、通りには食料品や日用雑貨を扱《あつか》う個人商店がずらりと軒《のき》を連ねている。要するに、メインストリートは昔ながらの商店街で、公園通りはオフィス街といった感じだろうか。

しかし、商店街と一口に言っても、人口が十万を超えたこのローデポリスでメインストリートに店を構えるのは、商売人の一つの憧《あこが》れでもあり、当然、その地価は非常に高かった。

その中でも一等地といえば、城下町通りと交わる四つ角であり、ホテル・グランドヒルズ・オブ・リディアはその一角にあった。

「左団扇《ひだりうちわ》じゃあああ――――っ！！！」

ゲヒヒヒヒ……と下品な笑い声を立てながら、無軌道《むきどう》な若者たちがメインストリートを練り歩いていた。先頭を行く男は見せびらかすように金貨をジャラジャラ鳴らしながら、豚《ぶた》のような笑みを浮かべている。但馬《たじま》である。

「どうだい、君たち。一夜にして億万長者になった気分は。僕《ぼく》ちんについてきて正解だったでしょ？」

「はい、先生！」「一生ついていきます！」「この御恩《ごおん》は忘れません！」

シモン、エリック、マイケルが追従する。

オプーナを買う権利を売り始めてから数日後、最初の親となった彼らの手元には、順調にあぶく銭《ぜに》が集まってきていた。あまりにもよく売れるものだから、ついに物理的に手に余るほどになってしまい、彼らは金貨を安全に保管できる場所を探しに街へ繰《く》り出してきたところだった。

「ぎゃっ!!」

そんな無防備な彼らを狙《ねら》って、時折、野盗《やとう》が仕掛《しか》けてきたが、それは一行の後ろに控《ひか》えているブリジットが片付けてくれるので問題なかった。なんか知らないが、この女、やたらと強いのである。彼女は今も襲《おそ》ってきた強盗《ごうとう》をザンバランと切り捨てると、

「先生……浮かれるのもいいですけど、もうちょっと周囲を警戒《けいかい》してくださいよ」

「うむうむ。苦しゅうないぞ」

「やっぱり、こんな大金持ち歩かないで、銀行に預けたらどうです？　危ないですよ」

「銀行は嫌《きら》いなんだ。偉そうだから」

適当な理由をでっちあげているが、本当は預けてしまうとすぐには引き出せないのが嫌《いや》だった。但馬はこのねずみ講があっという間に破綻《はたん》することを知っていた。逃げる時に現金が持ち出せないと意味がないのだ。

とは言え、彼女の言うこともっともである。彼はキョロキョロと辺りを見回すと、メ

インストリートでも一際《ひときわ》目につく大きなホテルを指さして、

「それじゃ、あのホテルのスイートを借りるってのはどうよ？　お高く止まってやがるから、きっとセキュリティも万全《ばんぜん》だろう」

「これから世話になろうというところに酷い言い草ですね。でもその通りですよ。あそこは外国の要人が泊《と》まったりするホテルですから」

「ならそうしよう。ホテルならレストランもあるだろう。実は腹減ってんだ」

寝食《しんしょく》も忘れて権利書を書き続けていたから、そろそろお腹《なか》が限界だった。但馬は銭の入ったずだ袋《ぶくろ》を担《かつ》ぎ直すと、ホテルに向かって歩きはじめた。

ブリジットが言うだけあって、ホテル・グランドヒルズ・オブ・リディアのセキュリティは万全だった。ホテルの前には英国の赤服みたいな格好をしたドアマンが立ち並んでおり、周囲に鋭《するど》い視線を光らせている。玄関先《げんかんさき》に配属される彼らはホテルの顔でもあるからだろうか、風貌《ふうぼう》はみんな爽《さわ》やかだが体つきはビルダーみたいで、妙な威圧《いあつ》感を感じさせる。多分、ドアマンと言うより用心棒と言った方がいいのだろう。

但馬がそんな彼らの前を、お尻《しり》の穴をキュッとすぼめながら通り過ぎようとすると、偽《にせ》加勢大周《かせたいしゅう》みたいな笑顔《えがお》のマッチョがすっ飛んできて、行く手を阻《はば》んだ。

「失礼。お客様。当店をご利用でしょうか？」

「ああ、うん。五人だけど。レストラン使える？」

すると偽加勢大周はこの世の終わりみたいなものすごい形相に変わり、

「はあ⁉　五人ーっ⁉　あんたがた五人がうちのレストランを〜〜⁉」

「な、なんだなんだ。奇数《きすう》は駄目《だめ》なのか？　偶数《ぐうすう》ならいいのか？」

但馬が困惑《こんわく》していると男は嘲《あざけ》るように、

「悪いんだけどさあ、あんたみたいに見窄《みすぼ》らしい格好したのに、うちの敷居《しきい》跨《また》がれちゃ、恥《はじ》なのよ。お客様が不愉快《ふゆかい》な思いをする前に、どっか行ってくれない？」

「はあ⁉　ドレスコードがあるのかよ⁉　こんなうんこ垂れ流してるような国が生意気な……いいから入れろよ。金はあんんだからさあ」

「どうせ贋金《にせがね》だろ。あんたみたいなのが本物の金貨を持ってるわけがない」

但馬がずだ袋の中身を見せても、ドアマンは頭から信じようとしなかった。偽者《にせもの》はおまえの方だと怒鳴《どな》りたいのを堪《こら》えつつ、やいのやいのと押し問答《もんどう》していると、突然、彼らの頭上から声が聞こえてきた。

「どうしたんですか？」

見れば、海外の質屋《しちや》みたいにやたら高いところにある小窓から男が顔を覗《のぞ》かせていた。

ドアマンはパッと姿勢を正すと、

「支配人。実はこの男が中に入れろと騒《さわ》いでまして……」

「あんたが支配人？　聞いてよ、こいつが通せんぼしてさ」

「ぺっ！」

支配人はいきなり但馬の額に唾を吐《は》きかけると、無言で小窓を閉じた。

ドアマンは嘲るような笑みを浮かべると、にこやかに去っていった。

思ったよりもサラサラの唾液《だえき》がツーと鼻梁《びりよう》を伝って流れ落ち、あんぐりと開いていた但馬の口に入りそうになり、彼《かれ》は盛大《せいだい》にむせ返った。

「ぺーっ！　ぺっぺっぺっ!!　ぺ――――っ！！！　こんにゃろう!!　開けろ、開けろよ、ちきしょうめっ!!」

怒《いか》りが有頂天《うちようてん》の但馬がどんどんとドアを叩くも、頑丈《がんじよう》な玄関はびくともしなかった。怒りが収まらない但馬がなおもドアを叩き続けていると、そんな彼のことをシモンが羽交《はが》い締《じ》めして引き剥《は》がした。

「先生、やめようぜ。あまり騒ぐと、憲兵隊が来るって」

「いいや、俺《おれ》は諦《あきら》めないぞ！　馬鹿にしやがって。金持ちだと分からせて、あいつにギャフンと言わせてやる！　地面に這《は》いつくばらせてほっぺを札束でペチペチ……いや、札束は無いから、金貨で。金貨をこう、この中で罪を犯《おか》したことの無いものだけが石を投げ続けなさいと言ったイエスのように投げ続けたい！」

「イエス様はそんなことしませんよ！」

但馬が駄々《だだ》をこねていると、ブリジットが怒り出した。宗教は怖《こわ》くなかったが彼女は怖かったので、但馬は黙《だま》るとホテルに背を向けて通りを逆走し始めた。

ここへ来る途中《とちゅう》、何件か仕立て屋らしき店を見かけていたのだ。この世界には吊《つ》るしの背広なんてものは売っていないから、多分、フォーマルな服は全部オーダーメイドだろう。従って、仕立て屋なんてものを使う層は限られているはずだ。

「いらっしゃいましーん」

そんな風に当て推量しながら店に入ると、無人契約機《けいやくき》みたいなセリフを吐きながら店員がすっ飛んできた。彼は入店してきた一行を見るなりがっかりした表情を見せたが、なにか言われる前に但馬が銭をチラつかせると目を輝かせ、

「ムシュー。見た目は貧乏《びんぼう》なのに、びっくりするほどブルジョワざます」

「見た目で判断しないでくれっ！」

「メルシー。こちらへはどういったご用件ざますか？」

「実はカクカクシカジカで……」

「パードン、あのオテルってば生意気ちゃんざます」

「どうでもいいけど、いちいちフランス語挟《はさ》むのはやめろ。アパレルと言えばパリのイメージが強いけど、ひろゆきが住み始めてからは葛飾区《かつしかく》くらいにしか思わなくなった」

「Putain」

捨て台詞《ぜりふ》だけはやたらネイティブっぽい店員に勧《すす》められるままに、一行は鹿鳴館《ろくめいかん》みたいな洋服を仕立てることにした。

一人ずつ寸法を取り、カフスはなんだタイはかんだとやってる内は楽しかったが、冷静に考えてみると、縫製《ほうせい》は手縫《てぬ》いなんだから出来上がりまでには時間がかかる。

しかし、一週間後取りに来てください、本物のタキシードをお見せしますよ……とか言われてもそんなには待てない。その頃にはもう但馬は海外に飛んでるかも知れない。

仕方ないから、これでなんとかしてくれと金貨を積んでみせたら、店員は知人のツテを総動員するといって飛び出ていった。ところで店番は誰がするんだ？

五人で来客に対応しながら在庫に触《ふ》れてると、扱ってる商品のことが段々わかってきた。最初、美しい光沢《こうたく》を放つ生地《きじ》を見て、てっきりシルクだと思っていたら、この店が扱ってるのは全部コットンらしかった。全く毛羽立ちがなくて、髪《かみ》の毛よりも細い糸からは、職人の腕《うで》の確かさが窺《うかが》える。

ところでシモンに言わせれば、この世界にはそもそもシルクというものは存在しないらしく、虫が吐く糸のことだよと教えてやったら気色悪いとか言いやがった。

「なんだよー。それが欲しくてローマ人は命がけで旅したんだぞ」

「知らんがな。そのローマ人ってのも誰のことだよ？」

「ローマは人じゃなくて国の名前だ」

「そんな国あったっけかなあ……？」

「◯◯ポリスとか言ってるくせに……しかし、店はともかく本当に見事なキャラコだな」

但馬が生地を矯《た》めつ眇《すが》めつしていると、シモンが胡散臭《うさんくさ》いものを見るような目つきで、

「だからさっきから何度もコットンだって言ってるだろ？」

「ああ、キャラコってのは高級なコットンのことを言うんだよ」

「そんな言葉あったっけ？」

「俺の国の固有名詞だから知らなくても当然だろう。元々は大航海時代に南蛮《なんばん》商人が扱っていた反物《たんもの》のことなんだ。あいつらが、カリカットって港から持ってきたから、それが訛《なま》ってキャラコって呼ばれるようになったらしい」

「南蛮商人？」

「主にポルトガル人のことだ。当時のインド洋はポルトガル人が支配していたからな。喜望峰《きぼうほう》を抜けたヴァスコ・ダ・ガマの艦隊《かんたい》は自分たちがインド洋にいると確信すると、

無謀《むぼう》にも未知の大洋をまっすぐ横断してインド亜大陸《あたいりく》を目指した。そんなことをしちゃうくらい、彼らは胡椒《こしょう》に飢《う》えていたんだな。その最初に訪《おとず》れた港町がカリカットだった。

残念ながらカリカットは胡椒の産地じゃなかったけど、象牙《ぞうげ》、キャラコ、宝飾品《ほうしょくひん》、貴金属、溢《あふ》れんばかりの珍《めずら》しい品々を前にガマは狂喜乱舞《きょうきらんぶ》した。しかし、交換《こうかん》したくても当時のヨーロッパにはろくな交易品がなかった。彼が所持していたのは、羽帽子《ぼうし》とか動物の毛皮とかインドでは無価値なものばかりで、彼は王族に鼻で笑われてしまった。

それでも、はるばる遠くからやってきた客人をもてなした王は、最後にお土産《みやげ》までくれた。ガマはお礼も言わずに逃げるようにインド洋を後にすると、欧州《おうしゅう》に帰ってそのお土産で巨万《きょまん》の富を得たんだ。

しかし、こうして大金持ちになった彼は欧州でのんびり暮らすのではなく、ポルトガル王に願い出て二度目の航海を行うことにした。今度は大量の弾薬《だんやく》を積んでな。彼は一度目の航海で、インド洋にはポルトガル船とまともに戦える船がないことに気がついたんだ。そして彼は、再びカリカットに辿《たど》り着くと、ありったけの大砲《たいほう》を町に打ち込《こ》んだのさ。

小学校のころ、南蛮人《なんばんじん》って言葉を聞いた時は、外国人をそんな風に呼ぶなんて失礼だと思ったものだが、この話を聞いて考えが変わったね。奴ら本当に野蛮人《やばんじん》だわ」

但馬が滔々《とうとう》と語っている間、シモンはグルグルと目を回していた。

「先生が言ってることが何一つ分からねえ。ガマ？　ガマってなんだ、カエルか？　だいたい、その大砲ってのも何だよ？」

「大砲は大砲だろ。あれ？　もしかして大砲もないの？」

「だからなんのことだってばよ」

まさかないとは思わず但馬は返答に窮《きゅう》した。現物を見れば一発なのだが、何かと言われると言葉だけで伝えるのは難しい。大砲がないなら火薬もないに違《ちが》いない。そこから説明するとなると、もうお手上げだ。

「うーん……玉をな？　こう、黒光りした、細長い物で、ズドーンと……」

「ズドーンと……ちんこか？」

「……確かに、形状はちんこに近い。そして先の方から、出る」

「先っぽから、出る……大量に？」

「大量じゃないかな」

「白いのか？」

「白くも……ないが、まあ、装填《そうてん》すれば白いのも出せるぞ。喰《く》らえ、俺の糸を引くような魔《ま》弾《だん》を。シルク・ド・ソレイユ！」

「シルク・ド・ソレイユ！」

二人して腰をかくかくしていたら、汚物《おぶつ》でも見るような目つきでブリジットが通り過ぎていった。二人は手にしていた生地を折りたたむと、それを丁寧《ていねい》に棚《たな》にしまった。

その後、店員が縫製された鹿鳴館みたいな服を持って帰ってきて、その場で若干《じゃっかん》の手直しをしつつ着せてもらうと、但馬たちは意気揚々《いきようよう》と店を後にした。お世話になった店員に色を付けて渡《わた》したら喜んでいた。また機会があれば利用することにしよう。

ホテルの前に戻ったら、相変わらず赤服たちが威嚇《いかく》するように通行人を睨《にら》んでいたが、正装に着替《きが》えた但馬たちを今度は阻むことはなかった。それも肩透《かたす》かしだったので、わざとさっき揉《も》めたドアマンのところへマウントを取りに行ったのだが、

「はあ？　どちら様でしたっけ？」

と、何も覚えていないようだった。どうやら、本当に服しか見ていなかったらしい。それが仕事なのだろうが、釈然《しゃくぜん》としない思いを抱《かか》えつつドアをくぐる。

ドレスコードをパスした但馬は、ホールをズカズカ進んでいって、どーんとフロントに金貨の詰《つ》まったずだ袋を叩きつけた。

「支配人を呼べ」

ふんぞり返って宣言すると、フロントマンたちはその勢いに最初は戸惑《とまど》っていたが、袋の中を見るなり慌《あわ》てて支配人を呼びに行った。

「いらっしゃいましーん」

支配人は揉み手《で》をしながら秒でやって来た。なんでこの国の商売人は、どいつもこいつもサラ金みたいなんだろう……それはともかく、彼はずだ袋の中の大量の金貨をチラ見したあと、見たことのないような満面の営業スマイルで、

「私が支配人です」

「何が私が支配人ですだ。町長みたいな顔しやがって……てめえ、俺の顔を見忘れたとは言わせねえぞ！」

「はて、どこかでお会いしましたかな？」

どうやら支配人の方も但馬の顔を覚えていないようである。人を外見だけで判断し、貧《びん》乏人《ぼうにん》を人とすら認識《にんしき》していない……有閑階級《ゆうかんかいきゅう》の闇《やみ》を見た気がして薄気味《うすきみ》が悪かったが、ともあれ、但馬は支配人の顔をギロリと睨むと、

「てめえ、さっきあっちの小窓から、俺の顔にペッと唾を吐きかけただろうが、ぺーっと、ぺーっ！　ぺーっ！　林家ぺーっ！」

「げええ⁉　もしや、あなたさまはあの時の……‼」

但馬はニヤニヤといやらしい笑《え》みを浮《う》かべると、ずだ袋の中の金貨をジャラジャラ鳴らして見せながら、

「どーしよっかなあ？　本当ならこの有り余る金貨でこのホテルを借り切って豪遊《ごうゆう》しようと思っていたのに、俺は気分を害してしまったなあ！」

ビジネスチャンスを逃《のが》してしまったと悔《く》いる支配人の顔は青ざめている。彼は焼き土下座する直前の利根川みたいにダラダラと汗を垂らしながら、

「ど、どうしたら許してもらえるんです？」

「はあ⁉　どうすっかなー⁉　普通は許されないよなあ？　まあ、でも俺は寛容《かんよう》だから、靴《くつ》の一つでも舐《な》めてくれたら許してやってもいいけど」

「ペロペロ……」

「えっ⁉」

「ペロペロペロ……」

支配人は猛禽《もうきん》のように目を光らせると、タックルを掛《か》け合うレスラーのごとく地面にひれ伏《ふ》し、但馬の靴をペロペロ舐め始めた。そして徐《おもむ》ろに顔を上げると、

「これで許していただけるのですね⁉」

「う、うん……」

「お客様は神様です！　五名様、ご案内！」

ドン引きしている但馬が四の五の言い出す前に、支配人はパンパンと手を叩いてベルボ

ーイたちを呼んだ。あっちこっちから、よろこんでーと山彦《やまびこ》のように聞こえてきて、但馬たちはどすこいどすこいとロビーに併設《へいせつ》されているレストランへと連れて行かれた。

但馬はしかつめらしい顔をして立っているウェイターが差し出す椅子《いす》に腰掛《こしか》けると、

「……あいつ、マジで躊躇《ちゅうちょ》せずに舐めやがった。うんこ踏《ふ》んでるかも知れないのに」

「この国の商人は商魂《しょうこん》たくましいですからね」

涼《すず》しい顔をして、ブリジットが対面に座る。感想……それだけなのか？　後の三人はこういう場に慣れておらず、気後《きおく》れしているのかちょっともたついていたが、ともあれ、当初の予定通り飯にありつけたのだから良しとしよう。

但馬はメニューをめくった。しかし、何が書いてあるのかが分からない。別に文字が読めないわけじゃなく、

「えーと……なになに、香草《こうそう》の海藻《かいそう》包《つつ》み揚《あ》げ山賊《さんぞく》仕立て。カジキマグロのトラウトサーモン。金目鯛《きんめだい》のまんまる焼きブルゴーニュ風。シタビラメのムニエル煮込《にこ》みホワイトソース和《あ》え……何一つ出来上がりが想像できない」

「先生、どうすりゃいいんですか？」「俺たち、こんな店入ったこと無いから何も分からないっす」

案の定、エリックとマイケルが泣きそうになっている。そんなことを言われても但馬に

もどうしようもない。シモンに至ってはフィンガーボールの水を飲もうとしてるし、消去法で場馴《ばな》れしてそうなブリジットに聞いてみたら、

「こういうのはそれっぽいのを雰囲気《ふんいき》で頼《たの》んでおいて、出てきたものを黙って食べれば良いんですよ」

「くっ……所詮《しょせん》、おっぱいがでかいだけの庶民《しょみん》に聞いた俺が馬鹿だった」

ブリジットは誰《だれ》が庶民だと怒《おこ》ってる……おっぱいじゃなくてそっちの方に反応するのはなんでなんだろう？　首を傾《かし》げていると、ウェイターが注文を取りにやって来た。

「ご注文はお決まりでしょうか？」

「いや、実はよく分からなくて。この香草の海藻包み揚げ山賊仕立てって何なの？」

「パスタでございます」

「パスタ⁉　これが？　……わけ分からんなあ。まあいいや、じゃあ、このカジキなんだかマグロなんだかトラウトなんだかサーモンなんだか……」

「パスタでございます」

「どう考えても魚だろうが！　ふざけんなよ！　じゃあ、何？　このブルゴーニュ風は？　ブルゴーニュどこにあるか知ってんのかよ、お前」

「パスタでございます」

「パスタしか無いんかーい！　って、もういいよ、パスタで」

　但馬はメニューを放り投げた。ウェイターはそれを空中でキャッチすると、恭《うやうや》しくお辞《じ》儀《ぎ》をして去っていった。そういうところだけやけにプロっぽくて腹が立った。

　ところでなんで自分は漫才《まんざい》なんかしてんだと思いつつ、ふと見ればブリジットがドヤ顔をしている。どうだ、聞くだけ無駄《むだ》だったろうとでも言いたげだ。イラッとしながら但馬は話題を逸《そ》らすように、

「ところで、ＰＸでもパスタが出てきたけど、この国の主食ってパスタなの？」

「いいえ、コーンスターチを使ったコーンブレッドとか、とうもろこし料理ですね」

「だよね？　畑のおじさんも塩害が酷くて小麦が作れないって言ってたよな」

　常夏《とこなつ》の国らしいから、元々小麦を作るには不向きな土地なのだろう。つまり、この国の小麦は全て輸入品で、パスタは高級品なのだ。パスタなんて、お高いレストランで出すには相応《ふさわ》しくないと思いきや、案外そうでもないらしい。

　そんなことを仲間とぺちゃくちゃお喋《しゃべ》りしていたら、ウェイターが料理を運んできた。この前ＰＸで食べたパスタと同じくミートソースで、香《こう》ばしい匂《にお》いが立ち込めている。五人とも同じソースなのは、メニューを放り出したせいだろうか？　いや、多分、どれを選んでも同じパスタが出てきただろう。

ともあれ、それじゃ早速《さっそく》食べようとしたら、

「あれ？　スプーンはあるけど、フォークがないぞ。どうやって食べるんだ？」

「本当だ。店員が忘れたのかな？」

「おーい！　ウェイター！」

但馬が大声で叫ぼうとすると、隣《となり》に座《すわ》っていたシモンが慌てて止めた。

「ちょっ、やめろよ先生。居酒屋じゃないんだから」

「じゃあどうすんだよ？」

「そのうち、店員がくるから待ってろよ」

「もうお腹がペコペコだぞ」

思い返せば、仕立て屋で過ごした時間がまるまる無駄だった。あの時、このホテルに固《こ》執《しつ》せずにさっさと気持ちを切り替《か》えていれば、今頃《いまごろ》どこかで腹ごしらえを済ましている頃だったろう。ホテルだって他にいくらでもあるのだ。

「腹減っちゃいましたね……」「お腹と背中がくっつきそうだぜ」

エリックとマイケルも据《す》え膳《ぜん》を前によだれを垂らしている。結局のところ、ここにいる五人が全員但馬に付き合って空腹なのだ。誰かのお腹がグーと鳴り出し、みんな我慢《がまん》できなくなってきた。こんなにひもじい思いをしたのは、いつ以来だろうか……。

「……そう言えば、フィールドワークで北アフリカの砂漠《さばく》を横断した時、パスタを素手《すで》で食ったことがあるんだよ」

「なんすか急に？」

誰からともなく合いの手が入るが、誰の視線も皿を凝視《ぎようし》したまま動かなかった。

「シバの女王の末裔《まつえい》とされるエチオピア帝国《ていこく》は、長いこと白人の支配を受けずに独立を保っていたが、第二次大戦中ムッソリーニの侵攻《しんこう》を受けて植民地にされてしまったんだ。その時にイタリアの食文化が入ってきたのか、みんなパスタを食べるんだけど、原住民は元々なんでも素手で食べていたから、パスタも素手で食べるようになったのさ」

「へえ……」

「素手で麺《めん》を……!?　と最初は驚《おどろ》いたものが、考えてみりゃラーメンみたいにスープに入ってるわけじゃないから、これが意外と普通《ふつう》に食えるんだよ」

「なあ、さっきから何が言いたいん……あ!!」

但馬の話に生返事を返していたシモンが顔を上げると、但馬が皿を持ち上げて、片手でワッシワッシとパスタを貪《むさぼ》り食っていた。

「ユー、ずるいよ！」

既に限界を迎《むか》えていたシモンが涙目《なみだめ》で非難する。但馬は不敵な笑みを浮かべて、

「ユー、食べちゃいなよ」

「え、でも……」

「郷《ごう》に入りては郷に従えというが、箸《はし》を使えない外国人に無理やり使わせようとしても、餓死《がし》してしまうだけだろう。世の中にはパスタを素手で食う社会があるのだ。ならば受け入れようじゃないか。グローバル社会の幕開けだ」

あまりに空腹な時にそんな魅力的《みりよくてき》な提案を受けてしまった男たちは、ゴクリと生唾《なまつば》を飲《の》み込むと、互《たが》いに牽制《けんせい》し合うように目配せをしてから、誰からともなく目の前の皿を持ち上げるのだった。

唯一《ゆいいつ》、冷静さを失わなかったブリジット一人だけが動揺《どうよう》しながら、

「ちょっと、何やってるんですか、みなさん⁉　正気ですか⁉」

「ブリジットも食えよ。うめえぞ」「フィンガーボールあるし、平気平気」「案外いけるもんすよ」「うまうま」

男たちは口々にそんな言葉を発しながら、一心不乱に皿のパスタを掻《か》き込み続けた。そんな光景を見ていた他の客から、どよめきが起こる。ブリジットは顔を真っ赤にしてうつむいている。

さて、そんな風に但馬が舌鼓《したつづみ》を打っている最中だった。トントンと肩《かた》を叩かれた。なん

だろう？　と振《ふ》り返ると、そこには額にビキビキと青筋を立てた支配人が、人数分のフォークを握《にぎ》りしめていて、

「ユー、知ってる？」

彼が手に持っているのは、そう……。

あとがき

この度は、玉葱とクラリオン第一巻を手にしていただき、ありがとうございます。本作は２０１６年から17年末にかけて、小説家になろうで連載していた、いわゆる異世界転生ものと呼ばれるジャンルの小説ですが、なんと完結後６年も経て、今回、書籍化することが出来ました。それもこれも、当作品を口コミで応援してくださった、なろう読者さんのお陰だと思っております。本当にありがとうございました。

本作は作者の商業デビュー作となりますが、実はなろうでは3番目の作品でして、他にもいくつか書いていたりします。私は２０１４年ごろから小説家になろうで書き始めて、そろそろ10年になりますが、10年といえば中学1年生が大学卒業するまでの年月ですから、よくもまあ、これだけ長いこと飽きもせずに書き続けたものだと、我ながら呆れているところです。

私の処女作は14年に書き上げた短編恋愛小説なのですが、今となってはそれなりに評価をいただいているこの作品も、当時はもう酷い有り様で、完結した時の評価点は確か35ｐ ｔで、その半年後に某小説賞の最終選考まで行くのですが、その時の評価点は28ｐｔでした。

しかし、最終選考まで行ったのだから、きっと人目に触れて、これから読者が爆増するだろうと期待していたのですが、その後1ｐｔも増えず、非常に落胆したことを、今でも昨日のことのように覚えています。

その後、どうにか発奮して2作目に取り掛かりましたが、完結時の評価点は８００ｐｔ程度。後に書籍化することになる本作品も、完結時は３０００ｐｔ程度でした。事程左様に、小説家になろうで評価を得るのは難しいのです。

ところで、こういう現実があるからでしょうか、小説家になろうで書いている人の中には、自分の作品を少しでも目立たせようとして、不正を行ったり、有りもしないことを誇張したり、作品よりも宣伝の方に力を入れる人が、若干、多いような気がしております。実を申しますと、私の処女作もその被害を受けたことがありました。

当時のなろうには、作品が完結するとトップページの一番目立つところにリンクを張ってくれる事に目をつけ、自分の作品をまだ連載中であるにも関わらず毎日完結させる、いわゆる完結ブーストという手法を悪用する輩がおりました。

それが封じられると、今度は１００文字程度の散文を大量に投稿し、それを一斉に完結済みにさせてトップページをジャックするという、とんでもないことをしでかし、私の処女作はそれに押しのけられて、完結してもトップページに載ることはなかったのです。

正直、初投稿の作品がやっと完成して、ブーストにはかなり期待していたものですから、目の前で起きたことが、とても信じられませんでした。最初は何が起きたのかすら理解出来ず、グーグル先生に聞いたりして、ようやくそういう手法があると知って、唖然としたものです。

しかし、どういう心理が働いていたのか分かりませんが、そんなことまでされたというのに、不思議と私は彼のことを憎く思えませんでした。ここまでして読ませたいことがあるんだから、きっとこの人の作品は面白いんじゃないかと、何故かそんな風に思って、その作品を残らず読んだことを覚えています。更には、作者のページまで行って、過去作まで漁って読みました。

ですが、言うまでもありませんよね。そういうことをする輩の作品が面白いわけがない。当たり前じゃないですか。

不正をして沢山の人に見られた作品があったとしても、それは不正をした人の作品でしかない。結局、どんな方法を使って目立たせたところで、面白くないものは面白くないんですよ。

トップページをジャックした彼の作品は、その後、運営に削除されましたが、私の処女作がトップページに載ることは結局一度もありませんでした。私はそれを運営に訴えようかとも思いましたが、そうしませんでした。

仮にそうして私の作品がトップページに載ったとしても、それで評価点が増えることはなかったでしょう。あったとしても一時的なものです。それよりも、これが今の自分の実力だと認めて、もっと面白い作品を書く方が自分のためだと、そう思いました。

私は何故、小説を書き始めたのか。人にチヤホヤされたいからじゃないだろう。誰もが面白いと思える小説が書きたかったからだ。多分、みんな、最初はそれだけだったんじゃないでしょうか。

こういう経験があったものですから、その後、私はあまり評価点に左右されず、活動を続けることが出来ました。宣伝する暇があるなら、手持ちの武器を増やした方がいい。今は評価が低くても、もっと面白い作品を書けば、いつか誰かが読んでくれるだろう。言い訳かもしれませんが、そう思っていたので、本作品が３０００ｐｔでも、実際、なんとも思いませんでした。２７０万字、３６３話ですか。普通なら心折れてもおかしくないんでしょうが（笑）次また頑張ればいいやくらいに、そう思ってました。

それから５年が経過して、その間にまた２つの作品を書き上げて、それは６作目の構想を練っている時でした。

当時、私は腰をやっちゃってて、リハビリで近所を徘徊している最中だったのですが、突然、携帯にピロピロと何か通知が入ってきたので、なんだろうと開けてみれば、それはＨＪ小説大賞の入賞の知らせだったのです。

実は当小説賞には過去にも何度か応募していたので、どうせ今回も駄目だろうと思って、送ったことすらも忘れていたんですよね。だから最初は誰かのいたずらを疑ったのですが、どうやら本当らしく。私、小躍りしたい気分でしたが、腰が痛くてどうしようもなくって、涙目になりながら家路を急いだことをよく覚えています。

その時になって久しぶりに評価点を見てみれば、完結時には３０００ｐｔでしかなかった本作品も、気がつけば４万点を超えていたんですね。完結後もじわじわと伸び続け、いつの間にかこんな点数になっていたようです。やはり地道に続けていれば、いつか誰かが評価してくれるのだと、これほど痛感したことはありません。

さっきも言いましたが、私、本当に宣伝とか全然してこなかったんで、それもこれもみんな、読者さんが口コミで友達とかに勧めてくれた結果で間違いないです。一人ひとりの力は小さくても、積み重ねれば大きくなるとはよくいったものです。

本当にありがとうございました。お陰でここまで来ることが出来ました。まあ、ものの

ついでに某蜘蛛の点をチラ見したら60万超えてたんですが（笑）

　さて、大して面白くもない思い出話を長々と続けてきてしまいましたが、玉葱とクラリオン第一巻、いかがでしたでしょうか？　冒険はまだ始まったばかりですが、これからも但馬が調子に乗ったり、調子に乗ったり、調子に乗ったりしてどんどん面白くなってくると思いますので、よろしければ今後ともお付き合いのほど、よろしくお願い申し上げます。

　古くからの読者さんは、おい、まだあのキャラが登場してないじゃないか！　なんとかしろ！　と思ってるところかも知れませんが、まあまあまあまあ……そういう作品もあるじゃないですか。真打ちは遅れてやってくるとも言いますし、笑って許して。

　最後になりましたが、右も左もわからない新人作家を、幼児に言い聞かせるように根気よく導いてくれたホビージャパンの木下さんに感謝します。お陰で念願かなって自分の本が出せました。また、新人の無名作家の仕事を快く引き受け、リテイクにも嫌な顔ひとつせずお付き合いくださり、素敵なイラストを何枚も提供してくださった黒田ヱリ先生、本当にありがとうございました。今後も先生が描く玉葱とクラリオンワールドが、どんどん広がっていくのが今から楽しみでしょうがないです。

　そして最後に、今まで支えてくださった全ての読者さんに感謝を。

王の命令により、紙の生産に取り掛かるハル。
まずは動力ということで水車小屋へと向かうが、
長いこと使われなかったことでそこは売春窟となっていた。
リオン2
S&H BROTHERS TRADING COMPANY
2024年夏頃発売予定！

水車を使用するため、顔役と交渉をするハルだが、
そこで彼は運命の少女との出会いを果たす——!!
玉葱とクラ
詐欺師から始める成り上がり英雄譚

著／保利亮太
イラスト／bob
ローゼリア王国を手に入れた御子柴亮真の躍進は続く――。
2023年秋発売予定!

コミック版も好評連載中！
漫画：八木ゆかり
原作：保利亮太
キャラクター原案：bob
コミックス
①～⑨巻発売中!!
ファイアクロス公式サイト
firecross.jp
ウォルテニア戦記XXVI

小説第⑨巻は2024年3月発売！
9
作画／大前貴史
原作／明鏡シスイ
信じていた仲間達にダンジョン奥地で殺されかけたが
ギフト『無限ガチャ』で
レベル9999の仲間達を
手に入れ
元パーティーメンバーと世界に復讐&
『ざまぁ！』します！
週刊少年マガジン公式アプリ
「マガポケ」にて
好評連載中!!
コミックス
最新第⑨巻も
好評発売中！
第⑩巻は11月9日発売！
作画：大前 貴史
原作：明鏡シスイ キャラクター原案：tef

邪神の使徒たちの動きに
後手に回っていた冬夜たちだが、
ついに方舟の位置を捕えることに成功した。
フォンとともに。30
2024年春頃発売予定！

ここから反撃開始の
強襲作戦が
始動する——!!
異世界はスマート
冬原パトラ
illustration■兎塚エイジ

HJ NOVELS
HJN80-01

玉葱とクラリオン1
詐欺師から始める成り上がり英雄譚

2023年10月19日　初版発行

著者――水月一人

発行者―松下大介
発行所―株式会社ホビージャパン
〒151-0053
東京都渋谷区代々木2-15-8
電話　03(5304)7604（編集）
03(5304)9112（営業）

印刷所――大日本印刷株式会社

装丁――木村デザイン・ラボ／株式会社エストール

ISBN978-4-7986-3316-9　C0076